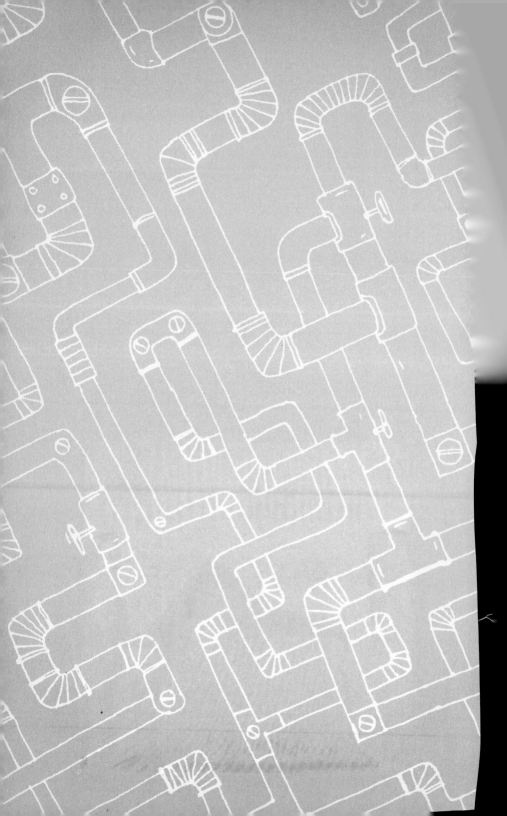

LA CLOACA

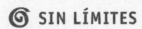

Roberto Rueda Monreal

LA CLOACA
el infierno aquí

Ediciones B
MÉXICO

Barcelona · México · Bogotá · Buenos Aires · Caracas
Madrid · Miami · Montevideo · Santiago de Chile

La cloaca, el infierno aquí
Primera edición, febrero de 2012

D. R. © 2012, Roberto Rueda Monreal
D. R. © 2012, Ediciones B México, S. A. de C.V.
Bradley 52, Anzures DF-11590, México
www.edicionesb.mx
editorial@edicionesb.com

ISBN: 978-607-480-231-3

Impreso en México | *Printed in Mexico*

Al Robert de 17 años,
aquel que soñó por primera vez
con esta historia

A la gente que he amado,
a la gente que amo,
a la que, seguramente, amaré

A todas las ciudades,
de todas las edades,
que, ficticias o reales,
son el espejo de nuestras realidades

Antes de destapar
La cloaca...

...me pareció prudente escribir esta introducción. ¿Por qué?
He aquí la respuesta.

A pesar de que la obra, en su primera edición, ha sido publi-
cada en 2012, su esencia viene de mucho tiempo atrás, para ser
precisos, de 1989, año complicado para la vida política, eco-
nómica y social de México.

La cloaca fue un sueño adolescente, una idea, una historia sencilla que, posteriormente, se fue estructurando y haciendo más
interesante conforme la iba pensando y escribiendo, conforme
fui creciendo y las circunstancias me lo permitían; primero a
lápiz en pedazos de papel, luego a pluma en diferentes cuader-
nos, después a teclazos de máquina de escribir en hojas tamaño
carta y, al final, a teclado, *mouse* y pantalla en mi adelantada
computadora, que guardó muy bien la novela en su disco duro.

Como puede observarse, pasaron 23 años (¡la vida entera de
un joven!) desde la primera idea original hasta la novela que
tienes en tus manos, querido lector. Y como en la historia, ya

lo sabes, un personaje importante es el futuro, te pido que tomes en consideración lo que acabo de compartirte.

Así las cosas, me veo obligado a decir que *La cloaca* no debe leerse como un libro sobre el futuro escrito por un adulto en el año actual, sino como uno de 1989 escrito por un adolescente de 17 años, contando una historia futurista sobre otros adolescentes y otros niños.

Evidentemente, para no aparecer tan descontextualizados, en ese sentido, se le añadieron algunas cosas más o menos actuales a la novela, pero no tan actuales del todo. De ahí que encontrarás conviviendo en esta historia lo mismo códigos digitales, fotos y documentos a la antigua, como camiones de pasajeros comunes y naves rastreadoras.

En medio de estos contextos, le di vida a Espoir d'Amour, un territorio que imaginé en 1989. Esperanza de Amor, ¡qué nombre tan extranjero, tan descabellado y ajeno para un país!

¿República amorosa? ¿Descabellado? Y sin embargo, ya ha sido propuesta en nuestro, también, complicado año actual: 2012.

Quizás por todo esto, por haber soñado con un futuro que hoy huele a actualidad, puedo decir que la imaginación, las letras y la lectura son los salvavidas perfectos para este mar de locura, nuestra cuerda locura llamada realidad.

El autor

Ya había visto eso. Aquel día radiante, el diario *El Amanecer* publicaba, con cierto tono mordaz, en primera plana, la fuga de cuatro niños y dos adolescentes del albergue del Instituto Científico Lobersón. Se pedía la colaboración de las diversas provincias y su gente para dar informes sobre los fugados, ya que era de vital importancia su recuperación. Días más tarde, los cuatro niños y un adolescente fueron encontrados. El joven que había sido concebido in vitro no apareció, se había esfumado. Pasaron un par de años y gobierno e Instituto desistieron de su búsqueda, dando así por truncado el experimento número 909 de la Academia Científica Espoir d'Amour.

Cayendo en tentación

—¿Ya todos se durmieron?

—Ya. Sergio fue el último en dormirse, pobre, le duele tanto la pierna.

—Que se chingue el cabrón, ya le hemos dicho que no sea tan impulsivo. Tú mismo se lo has dicho y ¡noo, noo! Se cree héroe el güey, ahora que se chingue.

—Mañana va a venir un doctor.

Antonio se alarmó.

—Pero…

—Cálmate, es un cabrón que conozco, ¿acaso crees que voy a traer aquí a un imbécil que nos comprometa y eche abajo todo lo que hemos logrado hasta ahora?

—Ya decía yo que no podía caber en tu cabeza tamaña idea.

—¿Quién iba a imaginar que el pinche viejito tenía su escopetita bien guardadita y a la mano, el muy cabrón?

—Mi papá nunca me dijo que tuviera una.

—Yo digo que no sabía nada, ni modo que el pinche viejo le avisara de todo lo que hacía a tu papá.

—Es verdad, pero de todos modos yo tuve que haber ido antes para ver qué pedo.

—Ya ya, además ese güey nada más tiene un rozón, ¿no?

—Sí, ¿pero qué tal si el anciano le hubiera dado en el pecho o en la cara?

—Pero no fue así. Mañana va a venir ese güey que dices, cura a ese pendejo de mierda y sanseacabó, nunca va a volver a pasar.

—¿Dónde están mis polvos?

—En el cajón de la tele, ¿quieres la jeringa de acá?

—Sí, por favor.

Después de inyectarse, Felipe le dijo a su amigo.

—¿Sabes? tienes razón, esto nunca va a volver a pasar.

—Te digo, hay que hablar con el pinche Sergio y ponerle las cosas en claro: o se alinea o le pongo una madriza si es que no lo haces tú, porque ya estuvo bueno de ese tipo de pendejadas. Siempre haciendo lo que se le da la gana al momento de los putazos; de qué sirve planear todo chingonamente si vamos a estar cuidando a este pendejo por las mamadas que hace. Visteee, tú mismo viste cómo chillaba, como perro asqueroso gritando «Noooooo, ¡ya me desgració este viejo infeliiiz!, ¡ayúdenmeeee!».

—Es que está loco. Nunca se le quitó el miedo, y el miedo hace que cometas locuras.

—Es un imbécil, pero mañana, mañana…

—Dirás al rato. Pero… ¡hey!, ssshhh, escucha, no quiero que se lo digas sino hasta la noche. Mañana tenemos cosas de qué hablar y a ti también te conviene escuchar.

—¡Ok, chido!

—Hasta más tarde.

—Duerme bien.

—No vayas a prender la luz del cuarto porque entonces el de la madriza será otro.

—¡Cabrón!

La tarde daba comienzo. El amigo de Felipe ya había revisado a Sergio y no había pronosticado nada serio. Todos se reunieron en la mesa para devorar lo que hallaban a su paso. Felipe se limpió un poco la boca antes de hablar.

—Y bien, ¿ya han pensado cómo le van a hacer?

— Nosotros ya mandamos carta.

—Yo mejor les caigo así nada más, les invento un cuento y estoy seguro de que se lo tragan.

—Con tanta lana de por medio, ¡hasta sin cuento te aceptan!

—Te amarán aún más, jajajaja. Antonio se encontró confundido y quiso interrumpir aquello, pero Felipe, con una seña, lo invitó a guardar silencio.

—Al principio dudarán que eres su bebé, pero en cuanto vean lo que les llevas, ¡puta madre!, hasta harán fiesta.

—¡Culeros!, jajajaja…

—La interrupción de Antonio se hizo inevitable.

—¿Quieren explicarme lo que está pasando?

Todos, menos Felipe, lo miraron extrañados.

—¿Que este güey no sabe?

—A ver, Pedro, ve a verificar lo de la camioneta; y ustedes dos, váyanse, hagan algo.

—¿Hacer qué?

—Felipe se encolerizó.

—¡Chingada madre!, ¡lárguenseee!, vayan al cine, con las

putas, roben algo, cójanse entre ustedes, hagan lo que les dé su puta gana, pero lárguense de aquí ya, ¡toodooos!

—Está bien… está bien, no es para que te encabrones así, pinche Felipo. ¡Vámonos!

Después de que salieron aquellos, la plática continuó en otro tono.

—¿Ahora sí me vas a explicar lo que está pasando?

—Mira, pinche Toño, te lo voy a decir sin rodeos: hemos decidido regresar a nuestros pueblos, cada uno con su parte del botín. A partes iguales, como habíamos acordado.

Después de largo rato de silencio y de bajar y levantar la mirada varias veces, sin dejar el estado de enorme sorpresa e incertidumbre, Antonio reaccionó.

—¿Nuestros pueblos? ¿Decidido? ¿Quién chingados decidió eso? ¿Cómo? ¿Cuándo? ¿Y tú? Tú ni siquiera tienes pueblo, cabrón, eres más citadino que toda la mierda que se respira aquí.

—Se decidió antier, ¿recuerdas? Te largaste con esa cerda de la calle doce y no llegaste sino para dar el golpe, a sabiendas de que yo quería hablar con todos antes, pero a ti te valió madre y te largaste. Tal parece que todo lo que te entra por un oído se te sale por el culo. En cuanto a lo del pueblo, pues, mira, sí, sí tengo pueblo, el de mis abuelos, allá está un viejo amigo, tengo años que no lo veo y me voy a ir para allá, y ya me estoy hartando de darte estas pinches explicaciones pendejas, que no debería estarte dando y que ya no voy a hacer.

—¿Por qué decidieron una cosa así, si no estaba yo?

—¿Qué no oíste lo que te acabo de decir, negro de mierda?

—¡Malditooo!

Antonio se le fue encima, agarrándolo de la camisa y azotándolo contra la pared.

—¿Por qué no me dijiste sobre toda esta mierda?, era lo menos que podías haber hecho.

Un golpe en el estómago lo hizo caer, pero, casi de inmediato, Felipe se le lanzó apretándole el cuello con las manos.

—Y tú que dices que el Sergio está loco. Más loco estás tú, cabrón; ¿qué tiene de malo lo que hemos planeado? ¿En qué te afecta? Puedes agarrar tu lana y largarte a donde quieras, pero lo harás a nuestro modo, no quiero que por una pendejez tuya nos agarre un pinche perro y nos mande a la mierda, porque entonces yo... yo soy el que te busca a ti, y te juro que te dejo de tal forma que ni el forense más chingón podrá saber quién eres, y como no tendrás apariencia de cadáver decente, ni siquiera te van a aventar a la fosa común, más bien terminarás en el estómago de algún aviador de mierda.

Las manos habían dejado de apretar. Los jadeos y las miradas tomaron serenidad.

—¿Por qué tenemos que separarnos?, yo no quiero.
—Escucha, escúchame bien: ¿qué sucede si un cabrón viene y se caga en ese rincón, y luego viene otro cabrón y lo mismo, y otro y lo mismo, y otro y otro y así hasta que este lugar esté atascado de mierda? ¿Qué es lo que pasa? Imagínatelo, mantén esa imagen en tu mente y ahora ven.

Lo toma por el hombro y se acercan a la ventana abierta. Con incredulidad y asombro, Antonio miró fijamente al amigo.

—¡Así es!, apesta enormidades, cada vez más, ¿cierto? Así es esta ciudad de mierda, así, y nosotros también nos hemos cagado defecando un chingo de veces en ella. Así es que... lo único que vamos a hacer es retirar nuestra parte de inmundicia, no quiero que nadie se atreva a decir que nosotros formamos parte de esa miserable pestilencia.

—¿Y crees que largándonos de aquí, abandonando nuestro sitio, todo estará perfecto y que así nadie sabrá que nosotros también somos unos rejijos de la chingada... unos culeros, ojetes, que también se han chingado de lo lindo esta ciudad y a su gente? ¿A eso te refieres?

—No has entendido ni madres de lo que te he dicho, ni pinche palabra.

—¡Sí, sí entiendo! y lo que entiendo es que eres un perfecto demente de mierda.

—¡De veras que con los negros no se puede! ¿En qué diablos te afecta este pedo? Jamás pensé que te fueras a poner así. Todos estamos en la misma situación. Tomas tu bendito dinero y te largas, ¿cuál es el problema?, ¿dónde está la puta traba?

Antonio vio nublada su mirada.

—Ustedes, todos, se van a largar, todos tienen a dónde llegar, allá va a haber alguien que los espere.

—¿Y?

Se le salieron unas lágrimas, se le escaparon al igual que el grito lo hizo desde las profundidades de su ser.

—¡Que yo no tengo a nadieeeeeeeeee!, ¡no tengo ningún lugar a dónde iiiiiiiirr!, esta gran bola de mierda es lo que tengo, lo único que tengo... y... y... a ustedes... ¡maldita seaaaa!

—Esta discusión ya me cansó, voy a tomar un trago.

—Tú lo dijiste. Tú lo dijiste. ¡Dijiste que siempre estaríamos juntos!

—Siempre y cuando tuviéramos asuntos qué atender, y ya hemos dado con lo que queríamos.

—¡Nooooo, nooooo!

—Yo me largo, ya me cansé de discutir con una niñita.

Tras el azotón de puerta, Antonio dejó correr a plenitud su llanto silencioso e impotente, sus puños se fueron aflojando, suavizando, pasaron unas horas y se durmió en la alfombra de la sala. No se resignaba a aquel futuro que le esperaba. Sin embargo, después de algunas horas, había decidido ya no hablar ni opinar acerca de ese plan que le era totalmente ajeno.

El ruido lo despertó, eran los muchachos. Se levantó para enjuagarse el rostro. Se unió a ellos en la mesa.

—¿Qué pasó con el asunto de la camioneta?

—Mañana mismo podemos pasar por ella; está perronsísima.

—¿Y ustedes qué hicieron, cabrones?

—¡Qué chingados te importa!, es nuestra vida, ¿no?

—Pareces nana haciendo tanta pregunta a lo pendejo.

—¡Putos!

—Y tú, ¡qué pedo mi Toño!, ¿qué te pasa?, desde que entramos no has dicho ni madres.

—A ese güey ni le hables que está de azúcar ahorita.

—Pues, ¡qué pedo!, ¿qué?, ¿no le dijiste?

Felipe les contó lo que había ocurrido y todos trataron de animar a Antonio con propuestas. Ramón dijo.

—Si quieres vente conmigo, mi casa es pequeña pero la podemos ampliar y después haces lo que quieras. Mmmmmm… ¡ya sé!, podemos poner un negocio de marranos en engorda, vender un chingo de carne, manteca…

—Sí, y perseguir a tu pinche conejo, ¿no? Y luego… marranos, aaagghh, ya no sigas que me vas hacer vomitar, aaaagghh, ¡olvídalo!

Pedro intervino.

—En el mío puedes com…

—En tu asqueroso pueblo sólo voy a estar oliendo mierda de vaca y cuanta madre hay, viendo puro pinche indio piojoso, cogiendo analfabetas.

—¡Ya estuvo bueno!, está claro que a ninguno nos vas a tomar la palabra. Sergio, trae las tortas.

Después de la primera mordida, vino el cuestionamiento.

—¿Pues qué te pasa, pinche negro loco?

—Yaaa… ni le muevan, hay otros asuntos más importantes. Pasado mañana llevaré a Ramón, será el primero, su provincia está más cerca, ¿ya tienes todo lo que necesitamos?

—¡Ya!

—¿El dinero, la ropa, las identificaciones, las gorras?

—Sí.

—¿Verificaste lo del forro de la camioneta?

—Sí, completamente, y quedó muy bien.

—¡Chingón! Ahora, ustedes dos, no quiero que se metan en ningún pedo mientras regreso; acuérdate que ya debes estar listo, Pedro. Sé que es imposible que les pida que no salgan del departamento, pero si lo hacen, quiero que se diviertan como la gente normal.

—Oye, ¡yo no tengo hijas para violar!

—Ja ja ja ja ja ja…

—Yaaa, en serio, no quiero que se metan en ningún pedo; en cuanto a ti, Toño, necesito saber si te vas a largar o te vas a quedar aquí.

La inconformidad de Antonio no podía ocultarse, todo su cuerpo, sus gestos, la emanaban.

—Me voy a largar.

—¡Perfecto! De todos modos, esto es lo que necesito que hagas, cosa de nada. Después de llevar a Pedro, que va a ser el último, tardaré más, pues su pueblo está muy al sur y la provincia a la que voy está muy al norte; después de que me vaya, quiero que pongas un anuncio en ese diario. Quiero que te deshagas del departamento, interesados no te van a faltar. No quiero que lo abarates.

—¿Por qué no, Felipo?, ¿no dijiste que teníamos que largarnos de aquí lo más rápido que se pudiera? ¡Que lo venda a quien sea y que el Negro desaparezca con lo suyo!

—No seas pendejo, Tripa, también dije que todo lo que se hiciera se haría sin dejar ninguna sospecha. Si este cabrón le vende esta madre a cualquier móndrigo en cualquier puta cantidad, sospecharán algo inmediatamente al ver lo ostentoso que es, compararían el lujo con el precio de venta, se darían cuenta de que hay algo raro.

Antonio intervino.

—¡Ay, por Dios!… ¡Qué chingados les va importar eso!, actúas como extranjero, me cae, como si no supieras cómo es la gente en esta pinche ciudad de mierda.

—Y yo te digo que no quiero ninguna sospecha, prométeme que vas a hacer lo que te estoy diciendo. Esperas un comprador que se ajuste al precio, cierras la operación y te largas. No tiene nada de complicado. Todos tenemos que actuar conforme al plan que convenimos, ¿estamos?

—¡Estamos!

—Y por favor, Negro, al igual que a ellos, te pido que no vayas a hacer ningún desmadre, por favor te lo pido.

Antonio simplemente no contestó nada.

—Bueno, ya saquen las tortas, que se están enfriando y tengo un chingo de hambre.

—No sé por qué compraron esas madres si aquí hay qué comer.

—Ha pasado un buen de tiempo y tenía bastante que no comíamos tortas.

—Por fin voy a saber a qué saben estas madres.

—Al culo de tu vieja… ¡delicioso!

Al día siguiente salieron a comprar cosas para la familia de Ramón, todos querían hacer sugerencias. Antonio se quedó solo en el departamento, pensando. Su cabeza se transformó en un cúmulo de ideas que se le revolvían y se le tropezaban entre sí, pensando en el futuro que se le dibujaba. Para entonces, parecía que jamás había escuchado los planes y acuerdos del grupo, sólo escuchaba unos, en sus adentros, los suyos:

No es posible, no puede ser cierto, chingao; no me quiero ir de aquí. Aquí crecí y no quiero largarme. ¡Maldito Felipo! Si no fuera por ti, nada de esto estaría pasando. Desde que llegaste no has hecho más que dar esas putas órdenes de mierda; dijiste que todos podíamos cooperar, que todas las ideas se tomarían en cuenta, pero la pinche verdad es que eres el único que acepta sus propias ideas, al final siempre eres tú quien impone su voluntad. Siempre tú, tú, tú… ¡hijo de tu puta madre!, debí haberte matado desde el primer día que llegaste a la cloaca, a nuestra cloaca, méndigo niño rico de mierda. ¡Roto de mierda!.. Aunque debo aceptar que sin esos desmadres que organizaste no tendríamos lo que tenemos, ni estaríamos como estamos… ¡Maldita sea! ¡Chingao! A quién le estoy mintiendo: te quiero, cabrón, los quiero a todos, ustedes son todo, lo único que tengo, lo único que tengo en este mundo de la verga. ¿Por qué se quieren separar si todo ha ido tan chingón hasta ahora?, ¿por qué separarnos? Tal vez extrañen su pueblo, pero yo no tengo pueblo. Tal vez de verdad extrañen a los suyos… los suyos… ¿Quiénes son los suyos? ¿No acaso somos nosotros mismos? ¡Ustedes son los míos! Ustedes son lo único que tengo en esta vida, ustedes y todo eso… eso que se ve afuera. No quiero que nos separemos… y no… ¡no nos vamos a separar!

Después de aquellas palabras, que cayeron de manera brutal como una sentencia, limpió su rostro y miró fijamente el cuadro de Tristán que tenía frente a él. Un pensamiento lo invadió:

No me avisó que tenía eso en mente, lo decidió sin consultarme, y no sólo él, los demás tampoco abrieron el hocico. Pues bien, yo tampoco voy a decirles lo que he decidido. ¡Basta de mariconerías!, ya no tengo por qué tenerles respeto, ellos no me lo tuvieron.

Hay que tener frialdad ante lo que uno se propone, no pensar en los detalles ni en las consecuencias de nada, pues eso chinga la visión del elemento principal, el objetivo. ¿No fueron cosas como esas las que nos enseñó? Órale, pues. ¡Que así sea…. Ese dinero, el de todos, ¡ahora será mío!»

Hágase tu voluntad

Todos se hallaban aturdidos bajo la sombra intensa de la confusión ante aquella noticia que se les venía trágica e imposible de comprender. Aún no llegaba Antonio. Esa espera se convirtió en esperanza para el trío de incrédulos. Ninguno era experto en el menester del convencimiento, así que, conscientes de ello, sólo atinaron a esperar.

La tapadera se abrió, Antonio había llegado.

—Tenías razón pinche Pedro, ese gordo, el de la esquina, esa del área verde, el que estuviste licando la semana pasada y del que me dijiste que te hiciera el paro, pero que ya no tuvimos tiempo, jajaja, tenías razón, es un pendejo, ¡pendejísimo! Miren nomás, le di baje con toda la lana que había en su pinche caja. Hubieran visto su pinche jeta, jajajaja, chillando el güey.

—¿Qué hay en el costal?

—Le atraqué todos los jamones que pude. Vamos a tragar hasta hartarnos. ¡Qué transa!, preparen algo mientras me baño, ¿no?

—Al quitarse la camisa e intentar terminar su historia camino al baño, se percató de que no se dio el ánimo que quería transmitir a los demás, esa entusiasmada retribución. Así que cuestionó.

—¿Qué? ¿Hice algo mal?; oigan, si llegué tarde fue por toda la lana que tuve que traerme, ni modo que se la dejara al cerdo ese, aparte, los jamones pesan un chingo.

Se hizo un silencio.

—¿Qué?… ¡chingada madre qué pedo con ustedes!
—Felipo está en la regadera.
—No hay pedo, me espero. ¿Está enojado o qué?
—No.
—¿Tons?
—Es que…

Ramón comenzó a llorar, dejando ver su desconcierto infantil al tiempo que decía.

—El Felipo se quiere iiir. No lo dejes ir, Toño, por favor no lo dejes iiir, por tu jefecitaaa.

Pedro lo abrazó casi de inmediato.

—No chille mi Tripa, no chille.
—¡Cómo no voy a chillar, si el Felipo se quiere pirar de aquí!
—¿Cómo que se quiere pirar de aquí?, ¿pa dónde? ¿Qué… qué pedo con eso?
—El niño no paraba de llorar.
—Pus no sabemos, nomás nos dijo que se iba a ir.

Sergio intervino.

—Yo cuando llegué ese güey ya estaba juntando sus cosas.

—Ya las vi.

—Al principio creí que estaba escombrando, el cabrón, ya ves que le gusta tener esta madre bien limpia, pero después me di cuenta de que nel, que nomás estaba juntando sus tiliches. Le pregunté que qué pedo, pero ese güey ni me peló; me puse a limpiar mi Verga porque estaba muy mugrienta en lo que llegaban estos cabrones. Ya cuando llegaron y que este cabrón terminó de empacar bien sus madres, nos dijo que se tenía que ir.

—Tal vez sólo quiere tomar unas vacaciones, el güey, despejarse y regresar, eso es todo. Si ya sabemos bien que ese cabrón es de otra leña, para qué se preocupan. No hay pedo.

—Ramón, con restos de sollozo, dijo.

—Neeel, dile Lurias, dileee.

—¿Qué?

—Ese güey dijo que tenía que irse porque había recibido una noticia y que había llegado el momento.

—Antonio se alarmó.

—Con que no lo haya seguido ningún móndrigo perro porque entonces si que la...

—¡No nooo!, el pedo no es con la tira.

—Ese puto no estaría así, tan tranquilo, empacando sus cosas y bañándose.

—La cloaca sigue estando a toda madre de segura.

En ese momento entró Felipe.

—¡Por fin llegaste, Negro!

—Sí; ¿cómo está eso de que te vas?

—Deja termino de secarme y ahorita les explico, estoy chorreando.

—Antonio lo despojó de la toalla y la aventó al otro extremo.
—Al rato seca el Tripa.

Felipe miró su desnudez.

— Ese pinche pitito ya no te va a crecer más, créemelo. Ahora míranos y explícanos qué pedo contigo, ¿qué es todo esto?
—Felipe sonrió y se sentó en una de sus maletas.
—Estamos ante un momento importante y es preciso que me marche.

Ramón se acercó a él.

—Pero… pero, ¿por qué tienes quirte? ¿Hice algo malo? Te juro que ya no le voy a meter al resis; ayer porque me topé con el puto de la siete, él traía y, pus se me antojó, pero te juro que…
—Sshhh, ya yaa, no es eso, Ramón, ni nada que ustedes hayan hecho.
—¿Tons?
—¿Te acuerdas, Ramón, del sueño aquel, ese que tuviste aquí antes de que yo llegara?
—¡Psss… cómo no!
—Pienso que todos han de recordar eso. Bueno, eso viene al caso porque lo que sucede es muy parecido. Desde que llegué aquí jamás esperé encontrarme con una amistad como la que hemos cosechado entre nosotros. Jamás. Siempre pensé que la amistad se encontraba con mi vecino, Layo, o con los compañeros del colegio o con mis padres, hasta llegué a pensar que viajando a otro país la iba encontrar. Eso era, un ralakí sería mi mejor amigo. La amistad me estaría esperando tras fronteras, en fin. Ideas pendejas como pueden escuchar, y para que se den cuenta de mi forma de vida anterior; así andaba yo, y con esas

ideas me alimentaba día tras día. Ustedes ya saben bien por qué llegué aquí y todo ese pedo, pero lo que no saben es que al pisar la calle sentí mucho miedo, un chingo de miedo, aterrorizado, quería regresar a casa inmediatamente cuando comenzó a llover aquel día. Una desesperación inmensa me invadió, una pinche incertidumbre bien perra. Sabía que si daba un paso atrás sería un cobarde, y que eso me lo estaría repitiendo y reprochando por el resto de mi vida. Una vida que no es difícil de imaginar: inocua, pendeja, sin sentido real. No sé si me entiendan, pero lo que quiero decir es que ustedes se han convertido en algo chingón en mi vida, y lo peor es que nunca imaginé que existieran, que un mundo como este existiera. Un mundo que está aquí, pero que nadie ve, que nadie quiere reconocer, que nadie acepta. Un mundo que es irreconciliable con los demás porque ellos así lo han decidido.

El resto de los mundos de allá afuera primero niegan su existencia, luego lo aíslan y no lo reconocen, ¿por qué?, para borrar toda lucidez, toda razón, toda empatía, todo reconocimiento de lo que la palabra conciencia significa, todo lo que se ha hecho mal, toda capacidad de pensamiento y compresión. Si alguien llegase a preguntar «¿por qué está pisoteando ese mundo?», la respuesta es más que estúpida, fácil: «¿cuál mundo, si no existe? No estamos haciendo nada malo. En todo caso, pregúntele a cualquiera, a nadie le importa en lo más mínimo este asunto, tan pestilente y de mal gusto, por cierto». ¡Dios mío!, yo mismo temblaba de miedo cuando caí aquí, casi me meo en los calzones cuando los ví por primera vez; quería salir corriendo y bajarme los güevos de la garganta y gritarle a algún perro que aquí abajo había unos… unos… en fin, ¿se dan cuenta hasta dónde llega esa pinche manipulación? ¡A uno mismo!, y se da una pinche manipulación tan cabrona y natural que, al final, la asumes como algo verdadero. ¡Como la verdad de las cosas!

La verdad de las cosas. La verdad es que no hay tal verdad, y lo cierto es que ustedes están conmigo y que su mundo ahora es tan mío como ya lo era de cada uno de ustedes. Sin embargo, también en ese mundo hay que ir creciendo, ir madurando, y creo que nosotros lo hemos hecho. Lo hemos hecho, y con mucha inteligencia, además.

—De no ser por ti.

—No digas eso, Pintor, todos hemos puesto de nuestra parte y como dije, la inteligencia ha sido nuestra mejor aliada. Pero no todo es tan sencillo, tan simple o tan vulgar, como aparenta. Ese crecimiento tiene etapas, escalones. Ya hemos escalado muchos de ellos, demasiados, diría yo, y tal vez por ello algunos de ustedes, no sé si todos, piensan que estamos bien, que estamos a toda madre y que no nos hace falta nada. Saben, yo pienso mucho, mucho, pienso y pienso, y vuelvo a pensar, y sueño, así como tú Ramón, y, ¿sabes lo que vi en uno de mis sueños?

—No.

—Pude ver claramente que estamos a la mitad del camino. Por lo tanto: ¡no estamos bien! Estamos estancados… estamos estancados en un escalón y la cima de la gran escalera está aguardando, sigue aguardando.

—¡Tu sueñoooo!

—¡Exactooo!, mi sueño. El tuyo se hizo realidad, ¿o no?

—¡Igualito!

—Así como tu sueño, el mío también se va a hacer realidad, sólo que todos tenemos que ayudarnos para hacerlo posible.

—¿Lo de la mitad de la escalera?

—La mitad del camino; el sueño consiste en llegar a la cima, terminar de escalar la montaña entera. Completar el recorrido. Juntar las partes. Cerrar el círculo. Hoy es el día para comenzar a trabajar en eso.

—El sueño del Tripa fue algo espontáneo, algo que nadie esperaba, pero que, así, sin más ni más, y sin que yo hasta ahora sepa bien bien el porqué, se cumplió. Lo tuyo no es más que otro plan más que se te ha metido en la cabeza.

—¡Mi sueño es lo que ha de venir!

—¿Ah, sí? Pues, bien, ese es tu pedo, cabrón, bien… Entonces, a ver, ahora dinos lo que ha de venir.

—¡No maaameees!, brrrrrr, tengo frío y ya se me secó el pelo, dejen ponerme un pantalón y una camiseta.

—Hazte a un lado Tripa, no vaya a ser que este pinche cogelón te quiera usar para saciarse.

—Ja ja ja ja ja.

Felipe regresó con las prendas puestas y dispuesto a explicar.

—Como les dije, hoy es el gran día.

Se hizo un enorme lapso de silencio.

—Escúchenme bien. Esto representa una gran prueba para nuestra unión, nuestro vínculo, para nuestra fuerza, porque la prueba más cabrona será aguantar y saber esperar. Ustedes, también yo, deberán mostrar mucha prudencia durante un buen tiempo, y cuando digo un buen tiempo, estamos hablando de un chiiiingo de tiempo. Aparte, yo deberé actuar con mucha cautela, pues ahí está la clave para que todo salga bien.

—¡Ya dinos qué chingados está pasando, cabrón!

—Cuando vivía en mi casa y cuando era más pequeño, solía ser muy introvertido; inventaba situaciones y muchos seres amigables para sobrellevar mi soledad infantil. Cierta tarde mis padres me dijeron que habían llegado a la ciudad unos parientes. La tía Blanca y el tío Jaír, quienes se instalarían en la esquina de nuestra calle. Cuando hablaban de ellos, se comentaban cosas excepcionales y llenas de respeto, así que me imaginé a una joven pareja. La primera vez que visité aquella residencia, me quedé pendejo; ya la había visto por fuera, y cuando la pusieron en venta francamente nunca pensé que algún familiar fuera a hacerse de ella. Por dentro no se la podrían ni imaginar aunque quisieran. Tenían mucha servidumbre, misma que llenaba todos los espacios que aquella pareja entrada en años no podía. Creo que lo hacían para darle vida a la gran mansión. Mis tíos no tuvieron hijos y nunca quisieron tener, ni comprar, ni mandar a diseñar, ni cuidar, ni adoptar ninguno. Nunca supe por qué. Me familiaricé con ellos; tenían todo lo que un niño pudiera desear. Iba casi a diario a ver lo que el tío Jaír me había comprado o a comer el estofado que la tía Blanca me preparaba. Era algo chingón estar allí, todo lo opuesto al ambiente de mi propia casa, de mi propia mansión. Hasta con los sirvientes era distinto el trato y la forma en que trabajaban, en la que me trataban. No sé por qué, pero mis padres comenzaron a ver con malos ojos todo aquello y me prohibieron tajantemente visitar la casa de los tíos. Al principio no supe cómo reaccionar, pero después me negué a aceptarlo, cosa inaudita para mi comportamiento demasiado ensimismado y pasivo de entonces. Me prohibieron muchas cosas más, entre ellas salir del «palacio», pero yo no hacía mucho caso y buscando siempre el modo o cualquier artimaña me iba con mis tíos.

Conforme aquel iba narrando, los ojos se le iban llenando de lágrimas.

—Nació en mí un amor y respeto tan grandes como el que jamás volveré a sentir, yo creo, por ninguna persona mayor.

Una noche, cuando platicaba con el tío Jaír, me dijo que tenía planes para mí, que lo único que tenía que hacer era terminar una carrera universitaria, que ya debería ir eligiendo, me dijo mientras fumaba su enorme pipa. Mi tía también comenzó a mencionármelo, pero en aquellos momentos no capté bien toda la dimensión de sus palabras. Cierto día valió madres, al gato que había sobornado en mi casa le sacaron la verdad sobre mis salidas mientras mis padres viajaban o trabajaban, ya no me acuerdo. Como podrán imaginar mis padres se encabronaron y fueron a hablar directamente con los viejos. Yo pensé, *¡aquí se acabó todo!*, pero grande fue mi sorpresa al ver que los viejos mostraron una fiereza tal al defenderme que, más bien, mis papás terminaron escuchando los sermones y las recriminaciones respecto a cómo me descuidaban y lo desobligados que eran como padres. El odio entre generaciones se sintetizaba en aquella reprimenda. El pedo no quedó ahí, se demandaron mutuamente por mi custodia y, mientras la ley tomaba cartas en el asunto, mi tía Blanca sufrió un ataque. Después de un año de dura lucha, un tribunal me obligó a quedarme en casa y en sumisión total a lo que dispusieran mis padres. Todo se vino abajo. Poco después del veredicto, mi tía falleció.

El silencio todo lo invadió al tiempo que el rostro de Felipe escurría pena y dolor.

—Y los muy culeros ni siquiera me dejaron asistir al funeral; mi tío se fue de allí, fue entonces cuando decidí hacerles la vida imposible a mis padres por los medios que ellos llaman vulgares. Hicieron de todo para joderme la vida pero no pudieron. Mi ira interna era mucho más cabrona. Bueno, eso era lo que yo pensaba, porque ellos también tenían sus armas.

Me hicieron sufrir. Nos desgastamos mutuamente hasta que lograron ponerme contra la pared; ya habían hecho trámites para meterme a un internado de chicos robotizados, esos duros de pelar y en donde se termina como lelo de tan sólo convivir con pura máquina o humanos de diseño, un internado que estaba en una isla medio famosa. Por ley tenía qué obedecer, así que no tenía salida. Comencé rápidamente a investigar dónde se encontraba mi tío; estaba desesperado, tenía que encontrarlo pronto para pedirle ayuda, era mi única esperanza. Me costó un güevo encontrarlo, pero lo hice. Fue un encuentro pocamadre, grandioso, pero muy triste a la vez. Estaba débil, demacrado, las enfermedades le brotaban del cuerpo, lo que contrastaba con la expresión de sus ojos y la forma en que me hablaba. Me invitaba a ser realmente libre, a vivir mi propia vida. Después de platicar, me retiré abrazándolo como a un verdadero padre. Hasta ese momento, comenzaba apenas a intuir la inmensidad y claridad de la luz vital que me había proporcionado mi tío. Lo que me había dicho el viejo al escucharme era cierto: si me quedaba en su casa como última opción, de todas formas me iban a encontrar, a él lo recluirían en una pinche celda un tiempo a pesar de todo su dinero y a mí me esperaría la madre esa del internado de manera segura. Mencionó que mi tía y él ya me tenían protegido desde antes con su testamento, pero que lamentablemente había cláusulas ya definitivas, y que la clave estaba en hacer una carrera universitaria, me dijo.

Cuando salí, varias cosas estaban claras pero otras estaban de la verga y no entendía bien. Pasó una semana y el viejo murió. Puse como condición asistir al funeral, haciendo creer a mis padres que después del entierro estaría listo para el viaje de mierda ese. Pero un día antes había tomado la decisión: ¡lanzarme a las calles!

No había otro camino. Conocía a todos los de «la alta» porque ya los había ridiculizado hasta el cansancio: les cagaba y me cagaban. La clase media no era opción, pues ahí me encontrarían luego luego, así que, ni pensarlo. Me haría a la calle hasta despejar mi mente, aclarar ciertas cosas y planear, planear la manera de chingarlos.

—¿Quieres que te ayudemos a matarlos?

—No, no quiero matarlos.

—Bueno, lo chingón de esto es que ahora ya sabemos qué transa contigo, cómo llegaste y por qué, pero hay algo que no capeo.

—¿Cuándo?

—¿Cuándo qué?

—¿Cuándo sí?

—No, ya cabrones, en serio. Primero dijiste que no estabas bien, y que debemos llegar a esa madre que dices, luego nos cuentas eso que te pasó con tus jefes y pues que eso tuvo que pasar de alguna forma para que estés ahora con nosotros.

Se rasca la cabeza.

—Pero sigo sin entender por qué pitos le tienes que llegar.

La ansiedad por una respuesta se puso de manifiesto en todos los rostros.

—¿Eh, cabrón?

—Hay veces que, no sé si se han dado cuenta, pero, me cuesta trabajo decirles algunas cosas, no porque no las puedan comprender, sino porque no hallo las palabras que normalmente se usan acá para entendernos. Como cuando llegué aquí, que me espantaba un poco su forma de hablar y que ustedes criticaban también mi forma de hacerlo. Ahora estamos acoplados y ya más o menos sabemos lo que le quiere dar a entender uno al otro.

—¡No te digo!, ¡este güey!

—Espera, espereeeen, chingá, quiero que terminen de escucharme, ¿de acuerdo?

—¡Órale!

—Hay asuntos cabrones que deben realizarse dentro de este plan, que va a beneficiar a todos, para que el sueño que tuve se haga realidad. Yo tenía que saber con exactitud lo que contenía el testamento de mis tíos para saber bien hacia dónde vamos a dirigirnos. ¡Ah!, olvidé decirles que todo esto surgió, lo del sueño y demás, porque la semana antepasada, cuando iba al banco a cambiar los cheques, me encontré a un primo, no sé cómo me reconoció, pero bueno. Se sorprendió tanto de verme que me abrazó, eso hizo que yo me sorprendiera aún más. No dudé en ningún momento en traerlo aquí y matarlo después de una santa verguiza, pues nadie podía saber que yo estaba vivo y aquí. De su palabrería confusa empezó a mencionar que me había buscado como loco, pues yo tenía que estar presente en la lectura del testamento. Yo me decía: ¿pues cuál testamento?, hasta que me acordé. El tiempo había borrado de mi conciencia ese dato, pero mi interior lo sacó rápidamente a flote. Al no tener noticias mías, se dio lectura al testamento de mis tíos. Hubo poca gente presente y al terminarlo casi nadie quedaba en la sala, eso lo entendí hasta que leí yo mismo el papel.

—¿Por qué?

—¡Ya deja de estar chingando la madre y deja que termine de decirnos este güey!, ¡cabrooón!

—Espérate.

—Tenía que conseguir ese puto testamento a como diera lugar, pero yo no podía ir hasta allá para hacerlo, y, ¿arriesgarlos a ustedes a eso?, pues, tampoco. Tenía que conseguir a alguien, así que contacté a un güey del bloque de la estación de emergencia.

—¡No mameees!

—¡Sí!, al Roque.

—Seguro sacó su buena tajada, el puto; me hubieras dicho y me cae que yo...

—No le aflojé nada porque yo fui el que lo extorsioné.

—¡Hijo de tu pinche tracaleraaa!

—Pero ese es otro asunto, el punto fue que lo hizo, y lo hizo bien, siguió todas mis instrucciones sin chistar. Ya con el papel en mis manos, temblé. Lo leí. Palabras más, palabras menos, el tío me había dejado toda su fortuna: terrenos, propiedades, rentas, joyas, acciones en algunas compañías, en fin, todo.

Sergio y Antonio se pararon dirigiendo una mirada de arrogancia a Felipe.

—Así que te has enterado de que eres millonario...

—Y ahora quieres llegarle y dejarnos con el culo viendo pal cielo, ¿no, cabrón?

—Sergio buscó la caja donde guardaba su arma; Pedro se paró instantáneamente y forcejeó para detenerlo.

—¿Qué es lo que estás haciendo, cabrón, pendejo?

—¡Déjameeeee!

—Después se dirigió a Felipe.

—¡Maldito culero de mierda!, por eso nos contaste todo esto, ¿no?, ¡qué dijiste!: «ablando a estos pendejos, al fin que son bien estúpidos, y despúes les digo ¿qué creen? Descubrí que soy millonetas y me largo de aquí porque apestan». Si ya lo presentía;

¿no te lo dije, Negro? Si bien que lo sabía. Desde el día en que llegó este güey qué te dije: «vamos a chingarnos a este roto puto y a la verga». ¡Ah!, pero no, noooo, nooooo, todo porque este pinche escuincle había tenido un sueño de mierd...

No pudo terminar la frase. Felipe se abalanzó sobre Sergio haciendo a un lado a Pedro.

—¡Imbécil! Tú no presientes porque ni siquiera eres capaz de sentir algo.

De un golpe le abrió la boca a Sergio.

—Antes de que yo llegara, esto era la mierda, la mugre y la basura juntas. Todos eran una bola de mugrosos que no bajaban de ser unos resistoleros y unos móndrigos pordioseros, y que de no ser por ese pinche escuincle que dices, que por cierto razona más que tú, no estaríamos como estamos ahora y esto no sería lo que es.

—¡Hijo de tu puta madreeeee!

Sergio le propinó una tremenda patada en la cabeza, aprovechando que Felipe lo había soltado. Se inició nuevamente la riña entre ambos. Los golpes resultaban impactantes; los que iban a la cara dejaban su trayecto de sangre por todos lados, hinchando la parte en donde se alojaban. Felipe terminó por someter a Sergio, mas el cansancio para ambos ya era bastante evidente. El labio inferior de Felipe estaba partido e hinchado, y el ojo izquierdo apenas lo podía abrir.

—Me tengo que largar, ya casi amanece y esto no estaba dentro del tiempo que había previsto para explicarles.

—O sea que…

—Se me está haciendo tarde. Me voy.

Antes de subir la escalerilla de peldaños metálicos incrustados al concreto, dijo.

—La semana que viene voy a enviarles una carta para terminar de explicarles todo, ya que hoy no me dejaron.

—¡Pero…

—Quiero que me envíen su respuesta sólo a la dirección que estará dentro del sobre. ¿Me escucharon? Sólo a la dirección que va a traer el sobre. Tengo que irme.

El silencio se hizo profundo, muy profundo y denso, para al final explotar en recriminaciones y culpas.

La carta llegó en el lapso previsto: «Espero que tengan la cabeza muy abierta para que comprendan lo sencillo de mi plan y el porqué requerirá tiempo. Efectivamente, soy el heredero, el único heredero de mi tío Jaír, pero esos fierros no van a ser para mí solo, sino para todos (oíste bien pinche Lurias, para todos). El único pedo es que tengo que terminar una carrera universitaria para que esos fierros pasen a mis manos. ¿Ahora sí entienden por qué les dije lo que les dije, pendejos? Bola de idiotas, todos menos tú Tripa.

No quiero que empiecen con sus dudas estúpidas. Ahorita estoy con mi madre y su nuevo esposo. Por lo pronto, ya hice que me pusiera una cuenta en el banco, cada mes haré que le ponga más y más dinero. Alguien tiene que vigilar que las cosas anden bien por allá, así que elijan a alguien entre ustedes. Ese güey será el que me escribirá para mantenernos en contacto y será sólo él quien podrá retirar el dinero del banco cada mes. En la tarjetita viene la dirección a la cual debe escribir y más abajo está el número de cuenta bancaria y el nombre del banco. Eso es todo. Si alguien no entendió, que lea esta madre tantas veces como sea necesario para que le entre. Espero su respuesta. Adiós. P.D. ¡Los quiero un chingo, cabrones! No duden que este roto sólo quiere lo mejor para todos. Tengan eso bien presente.

Todos habían comprendido la misiva y casi de inmediato se decidió que Antonio sería el contacto del grupo con Felipe. Al día siguiente, Antonio observaba nuevamente aquella tarjetita azul y se percató de que en la parte de atrás venían algunas líneas. En ellas Felipe mencionaba el monto de la mesada y también que no debían abandonar sus asuntos, pues estos representaban el complemento para la supervivencia. No le tomó mucho tiempo comprenderlo. La cantidad referida era insuficiente para cuatro personas en un mes. Felipe había decidido enviar una pequeña cantidad para no levantar sospechas en su antiguo mundo. Así que, no había de otra, se tenía que seguir trabajando.

—Tenemos que seguir en nuestros bisnes, si no, esta pinche ciudad nos traga y nos escupe pero así.

—Por supuesto que todo lo que se había decidido se le comunicó a Felipe, quien de inmediato se quitó un peso de encima al constatar que su mensaje había pasado. El camino que vislumbraba no era sencillo, tendría que olvidarse de las rondas con sus camaradas que tanto le habían servido para conocer cosas antes impensables, del tipo de vida peligroso al que ya se había acostumbrado, de los sinhorarios, del no mandato, de las francachelas memorables, de las rituales yerbas y de la maquinación delictiva que, antaño comunes, ahora se le transformaba en una frustración de fuego vivo que le calcinaba las entrañas, le quemaba las manos. El calor entre sus dedos hizo reaccionar aquel badajo con violencia, mismo que retumbó en la campana de sus adentros para decirle a Felipe que era hora de dar ese paso hacia el siguiente parteaguas de su vida. Que la rapidez y empeño que pusiera para superarlo sería bien recompensado por el regreso a su verdadero hogar: la cloaca.

El camino comenzó, y conforme lo iba recorriendo, encontraba cosas previstas y no previstas; las angustias y los nervios venían y se disipaban con una lentitud tal que parecían infinitas. Las redes, los bancos, los datos, los lenguajes, los chips, las claves, los códigos, las memorias y los nanodiscos duros le revolvían la cabeza, un mundo de información codificada. Las computadoras, los dispositivos tecnológicos y sus secretos, entre ellos las nuevas formas de control sin armas ni violencia de por medio, se volvieron su devoción, pues representaban para él una llave extremadamente preciosa. Para conseguirla, no repararía en ningún detalle; barrió e ignoró cualquier señal que le insinuara distracción, sobre todo aquellas que se asemejaran a experiencias anteriores a su parteaguas. Tenía que transformarse por completo. Tuvo a bien o mal volverse férreo y autodisciplinado para ir ganando terreno en ese espinoso paréntesis, no obstante, actuó todo el tiempo con cautela en ese aspecto, para que todo aquello sólo fuese una herramienta, una aplicación informática, y que no se le volviese una forma de vida al salir de él. Una metamorfosis rastrera, de cucaracha, pero extraordinaria, se llevaba a cabo día con día.

———

«Todo tiene que salir bien» – «¿Cómo te esta tratando la vida?» – «Tengo que ser fuerte» – «Ayer dimos otro golpe, estuvo muy cabrón» – «Lo siento, no puedo ir a esa reunión, tengo que estudiar para el examen» – «Me dieron un plomazo en el hombro» – «Descubrí algo en la casa de un viejo» – «Estamos bien» – «Lo que estoy estudiando nos va servir para un asunto que ya tengo en mente» – «¿Cuánto más tenemos que esperar? ¡No mames!» – «Te seguimos esperando con ansias» – «Tengo que estudiar» – «No entiendo» – «¡Ya no aguantamos más!» – «Tengo que chingarle» – «No te entiendo» – «Tengo que estudiar» – «Tengo que estudiaaar» – «¡Tengo que saliiiiiiiiiiiiiiiiiiiiiiiiiir!».

El parteaguas había sido rebasado, el paréntesis superado, y el sinuoso camino le mostró una luz que terminó estrellándosele en el rostro para envolverlo totalmente, deslumbrándolo, atontándolo. La dureza de esos cinco años había dejado huellas visibles en su persona. Había llegado el momento de sacudir el insomnio. No podía ir corriendo de inmediato a ver lo que había sido de sus cuatro hermanos en ese instante. No sabía completamente si seguía siendo el mismo Felipe. Sin embargo, un trance con los licores y las sustancias prohibidas en algún lugar innombrable estaría perfecto como prueba suprema. Para comprobar si se había quedado en el camino, en el paréntesis. Soy yo, ¡soy yoooo! Se repetía al salir de aquella prueba, babeando, cayendo, arrastrándose. Ya restablecido, organizó todo lo necesario para que la voluntad de su tío se cumpliera. Así se hizo.

Su hermanastra, de quince años recién cumplidos, recibió, entre lágrimas y gemidos de espanto, su brutal regalo, bajo la mirada de una neblina cómplice que, al término del acto, sólo se arrimó como para satisfacer el morbo de oler aquella sangre virginal recién derramada. La prueba se completó. La hora del regreso fraternal había llegado.

Que venga tu reino

—¡**C**ORRE, PENDEJO! ¡RÁPIDOOO!

—¡Ya voy! ¡Ya voooy! ¡No me dejes soloooo!

Los policías derrapaban sus suelas al máximo con tal de satisfacer su añeja ilusión de echarles el guante a aquellas criaturas que siempre se salían con la suya en los hurtos a los comercios que correspondían a su zona. Las armas, desenfundadas, vomitaban cada vez más al aire con el afán de espantarlos. Pero aquellos expertos, conocedores de todos los rincones de su ciudad, sólo buscaban, desesperados, un punto clave. Sergio sonrió al ver cerca la esquina.

—¡Aquí!

Pedro se acomodó en la otra esquina al tiempo que sacaba su pistola.

—Llégale con aquellos cabrones, yo me encargo de estos putos.

—¡Pero ...

—¡Chingada madre! Yo sé qué pedo. ¡Lárgateee!

—Pedro retomó el paso rápido, sabía a dónde llegar y tenía poco tiempo para hacerlo y avisar.

—Ora sí, Verguita, es hora de escupir.

Como si su vista fuera la de algún animal especial y raro, Sergio divisó los obesos cuerpos y sólo hubo necesidad de dos tiros, precisos, justos, para que ambas cabezas explotaran en tremendo embarradero de materia gris. La sangre, que quedó esparcida, como si hubiera pasado por una licuadora en acción, fue el toque final para aquel cuadro.

—¡Lo hice! ¡Lo hiceeeee! ¡Jijaaaay! ¡Soy un boludooo! Ja ja ja ja. Mi Verguita y yo somos la verga, ¿verdad, chiquita? La pura vergaaaaa, ja ja ja ja.

Después de besar la cacha de su arma de fuego, siguió su camino, ya tranquilo y riéndose a carcajadas, bajo la mirada de aquellos seres lumpen que lo observaron alejarse. Alejada la alegre figura, la indiferencia volvió a unir a la gran mayoría de ellos.

Silbando y bailando, Sergio llegó a la avenida Ungezwungen, donde estaban los demás.

—¡Qué bueno que llegaste!, ya iba a ver qué había pasado –Lo hice mi Felipo, ¡lo hiceeee!

—¿Hiciste qué, pinche Lurias?

Sergio les contó lo que había pasado y al terminar su relato, todos comenzaron a reír y algunos saltaban de júbilo. Y con ese mismo ánimo se fueron caminando hasta la cloaca. Llegando, comentaron al resto lo ocurrido.

—Eso debe haber estado chingonsísimo.

—Más que chingonsísimo, me cae, pinche Negro. Ni tú podrías reventarte lo que yo.

—¡Dos plomazos! Y cada uno en la tatema de un cerdo.

—Así es mi Tripilla, así es.

—¡Yaa, yaaaa!, pinche presumido, «¡ay sí! Me eché a dos... con dos», ja ja ja ja ja.

—Ja ja ja ja ja ja.

—¿Ya ven? Eso es lo que nos hace falta: perfeccionarnos.

Antonio cortó las palabras de Felipe.

—Ya vamos a acostarnos, tengo un chingo de sueño.

—Pero esto es importante, más bien, mucho muy importante.

—Ya nos lo dirás mañana.

—Más bien, al rato.

—Sí cierto, Felipo.

Pedro comenzó a bostezar al tiempo que decía.

—Orita es hora de hacer la mona, mañana ya nos dirás lo que quieras.

—Está bien.

—Hasta mañana, putos.

—Hasta mañana, culeros.

—Ora no quiero sus nalgas, pinche Negra, ¡eh! Ora quiero que le dé una buena chupadita.

—¡Cabrón!

—Y tú, pinche Pintorcito, ya no le andes metiendo tu brocha al Tripa, que un buen día, o una de dos, o le desmadras su culito... o me lo vuelves putito.

—¡Que es lo más segurito!

—Ja ja ja ja ja.

Después de haber dormido casi catorce horas, el hambre los fue despertando uno a uno. Prepararon el mejor de sus manjares, huevos revueltos con salsa verde y sus respectivos tarros de cerveza, lo cual ya tenía fastidiado a Felipe. Su cabeza y su estómago no resistían más. Retomó lo que habían dejado pendiente la noche anterior, que era muy importante para él. Les dijo que la hazaña de Sergio no era producto de la nada; les recordó cómo habían estado practicando tiro en una de las bodegas abandonadas del mercado cercano. La comida iba a la par de la conversación.

—No, si yo nunca he dicho que esa madre fue chiripa, al contrario, güey, me sirvió un chingo estar tirando en la pinche bodega.

—¡A chingá! Pero, ¿cómo le hicieron para estar tirando allí, si cualquier pinche ruidito que hagas se oye un resto?

—Tiene un chingo de eco esa madre.

—Me conecté con el encargado de las bodegas. Practicamos por las tardes.

—Como a eso de las dos.

—Como desde hace un buen han estado construyendo enfrente, las máquinas hacen un chingo de ruido entre la una y las cinco, así que los plomazos ni se oyen; sobornamos con muy poco al pinche marrano ese que dizque cuida, y pudimos practicar a gusto.

—Sí, estuvo chido.

—Hemos podido mejorar y ya manejamos pocamadre nuestras armas sin necesidad de tirar a lo pendejo y contra quien sea, matando a cuanto idiota se nos pone enfrente.

—¡Chale! Pero, a cuántos no nos hemos reventado ya sin deberla ni temerla ni acá… y ora vienes con esas mamadas, pinche Felipo.

—¡No mames, cabrón, no mameees! ¿Qué tienes en la cabeza? ¿Mierda? ¿No captas lo que se te está diciendo? ¿Nadie capta, güeyes? El pinche Lurias llegó a matar a casi veinte cabrones que no tenían nada que ver en los pedos… en un día. ¡Veinte cabrones en un día! A parte de los ocho güeyes que sí se lo merecían. Veinte güeyes pagaron por ocho, y no voy a decirles cuántos niños ni mujeres están dentro de los veinte porque nos veríamos más pendejos todavía. ¡No mameeen! Ahora piensen, imbéciles, ¿cuántas personas han matado que no tenían nada que ver con nuestros pedos?

El silencio sacudió ladrillos y cerebros, provocando algo simular a un derrumbe simultáneo. Una sacudida colosal los arrastró cual plumas al viento por el hediondo pavimento. Sergio lo rompió.

—El Felipo lo que quiere decir es que nos preparemos más para no cagarla al momento de los putazos y no andar a salto de pendejo sin saber por dónde nos va llegar la ley o algún pinche valientito. Bueno, yo así te entendí, y que bueno, así como nosotros estuvimos en chinga con lo de los plomazos, todos pueden hacer lo mismo y, a parte, pus… que cada quien se ponga al tiro en las mañas que sabe, ¿no? No sólo robar, sino también otros pedos, ¿no? Es decir, hacemos eso de lo de las tareas… ¿la qué? ¡Ah, sí! La diversificación de tareas.

—Sí, cada quien se aplicará chingón en lo que sabe. Armaremos un plan.

Felipe se había liberado totalmente de aquel miedo espantoso que le quedaba por el hecho de estar bajo el asfalto, en la cloaca, con aquellos seres que no actuaban con razón, sino por reacción. Mientras les explicaba el concepto que no entendían y que él bien sabía que iba a beneficiarlos, sintió cómo su mundo se iba transformando en uno nuevo, compenetrándose con el de aquellos. La palabra desnuda impregnó su lengua, y la mugre, que a flor de piel se esparcía por el lugar, hizo lo mismo con la suya. Estaba pasando de ser un recuerdo vago de su familia, a un seguro Olvidado de Buñuel: una boca llena de asombro que aún no terminaba de abrirse lo suficientemente bien. Se dio cuenta a partir de ese día, de ese momento, de que hacía de ese lugar, y de ese mundo, su lugar y su mundo.

—¡Ta chido! Planeando bien estaría mejor todo el guato, ¿no?
—Estaríamos más en contacto.
—Juntos, todos juntos, para cuidarnos entre todos morochos.
—Pero tú vas a hacer esas madres mientras nosotros agarramos callo, ¡eh, cabrón!
—Sí, pinche Felipo, tú tienes que hacer esas madres.
—¡Planear!
—¡Eso!
—No hay necesidad de hacerlo.
—¿Que qué? ¿Cómo?
—¡Ya lo hice! Nuestro primer golpe organizado será dentro de dos semanas; primero haremos cosas relativamente fáciles, ya después, solito el camino nos irá diciendo qué hacer, y chingo a mi madre si no la hacemos.
—¡A güevo, chingada madre!
—¡A güevoooo!
—¡A güevoooo!

Salieron, como era su costumbre, a vaguear por la ciudad, pues la andanza callejera alimenta y enaltece el espíritu de quien pisa constantemente el suelo, la calle, el asfalto. El día del atraco a una tienda extranjera de alimentos, las cosas no habían sido ejecutadas de manera fiel, tal como se habían planeado, pero se habían acercado considerablemente a lo previsto y los tiempos estuvieron insuperables; el botín se logró y a pesar de que Felipe llamó la atención en algunas cosas, estaba satisfecho con lo logrado. Sus corazones no podían albergar todo el contento que les embargaba. Los planes aumentaron a la vez que los errores disminuían. Los sacrificios fueron pasando desapercibidos y los asimilaron lentamente como parte de su naturaleza para ejecutar lo que previamente planeaban y acordaban. Una noche se decidió descansar por unos días, momento propicio para hacerse de vinos, cervezas y mucho tabaco, además de yerbas verdaderamente alucinantes, puertas a realidades profundas. La comunión esparció la más pura esencia humana; las mentes se fundieron con el humo hacia el techo, los músculos con las botellas semivacías. Sergio desquebrajó el vaso en su mano, enterrándose varios pedazos de vidrio en la palma, mismos que no se podían ver por el puño fuertemente apretado.

—¿Qué haces cabrón? ¿Qué haceees?
—Cálmate, Negro, cálmate. Oye, Sergio, ¡Sergiooo! ¿Qué te pasa? ¿Qué tienes?
—Está loco, el güey.

Las voces sonaban a botella hueca y se pronunciaban con la lentitud propia de una marcha de paquidermos en caravana.

—¡Cállenseeeee! ¿Qué pasa Sergio?
—Ese güey está…
—¡Que te calleees, Ramón, con una chingada!

Al escuchar su nombre tal cual, supo que la llamada de atención era seria, así que guardó silencio y su gesto infantil no pudo articular mas que un puchero.

—Abre la mano, Sergio.
—¡Ábrelaaaaa, cabrón!

Tenía la mirada fija en un punto y se podía notar cómo tenía la mandíbula tensa al igual que su cuerpo.

—Está bien, si no quieres abrirla, pues ni hablar, está bien, no lo hagas. Estamos aquí, chingonamente, departiendo, y tú haces esta mamada, ¿quieres preocuparnos? ¡Chingaooo! ¡Abre la mano, te digooooooo!

Sergio seguía con la mirada perdida en un punto del vacío y no la abría.

—Está bien, ¡perfecto! Yo me voy. Si a ustedes les gusta ver sufrir a alguien que quieren, perfecto, quédense, pero como a mí no, me largo.

Al tratar de pararse y caminar hacia la escalera, Felipe se tropezó con algo y se cayó, abriéndose la frente. La sangre escurrió por su rostro.

—Tengo agua en la cabeza, en mi cara, en…

Sergio abrió su mano.

—¡Eso es, mi Lurias! Mira Felipo, e… es… ese güey ya abrió su manopla.

—Mira nada más cómo te la dejaste ca… brón.

—Tripa, ve a traer el botiquín.

Después de dar la orden, Pedro se dispuso a curar a aquellos que continuaban sangrando. Felipe seguía en su afán.

—Destapa esta madre, quiero irme, no quiero preocuparme, no pienso quedarme a ver cómo alguien que quiero me perturba me quita el sosiego, nooo, no voy a permitir eso.

Sergio, al ver el desasosiego que había armado, se decidió y comenzó a hablar.

—Cuando era un mocoso, mi jefe solía presumirme un chingo con los demás güeyes, sus compas de las vías.

Pedro ayudó a Felipe a volver a su lugar.

—Pa todo decía que yo era el mejor en lo que me pusieran. Pa los madrazos, pal ajedrez, pal esquí… pa lo que fuera. Siempre me ponía a competir con los demás hijos de sus amigos. Me acuerdo que cuando el hambre se ponía muy cabrona, estos güeyes organizaban unas madrizas de box entre todos los escuincles y apostaban. Puedo decir que, de esa forma, yo le di de comer varias veces a mi papá. Una vez tenía la muela picada y se me había inflamado; le dije a mi papá que no me echara a pelear porque tenía esa madre picada, pero le valió madres. El otro escuincle era más grande que yo, un animalón bien dado que al primer putazo me mandó al piso; me dio exactamente donde tenía la hinchazón, y al caer al piso lleno de hielo, se me fue encima, desmadrándome todo el hocico. Mi jefe me levantó y yo estaba chillando, pidiéndole que parara. Estaba encabronadísimo y empezó a cachetearme enfrente de todos y me gritaba que no chillara, que si era era puto o qué, que no chillara, que los hombres no chillaban, que me aguantara, que yo tenía los suficientes cojones para darle en la madre a ese mastodonte y a cualquiera. ¡No dejaba de gritar, iracundo... llorando también, pero de odio o algo así! Lo que me gritó se me quedó muy grabado y como pude, de ahí pal real, lo hice, hice lo que me pidió.

Mi papá y yo vivíamos en un cuartucho de cartón. Mi papá sólo era un pinche raterillo de mierda que lo único que pudo conseguir para que subsistiéramos fue una pequeña ayuda del gobierno para algo de ropa de invierno, sopa de papa y combustible para el fuego de la estufa, una estufa chatarra. Así la íbamos pasando, rateando él, poniéndome moquetizas y comenzando a ratear también yo. Cierto día mi jefe me dijo que el tío Joel iba a ir a vivir con nosotros. Se le había muerto la esposa y apenas había empezado los trámites para su ficha de desempleado. Íbamos a estar apretados, pero si el tío se mochaba, todo iba a estar chingón. Había dos camastros en el cuarto y, a veces, cuando no había combustible para hacer fuego, mi jefe y yo nos acostábamos en uno solo, para no pasar tanto frío. Me acuerdo que en cada nevada poníamos lámina o ladrillo, pues el cartón triple terminaba siendo pulpa. ¡Jodidísimos! Estábamos así de jodidísimos. Mi papá y el tío se ponían pedos un chingo de veces y yo sólo los miraba. Un día mi jefe consiguió chamba en la red ferroviaria y a veces tenía que estar fuera toda la madrugada y, no sé... mi vida de por sí era ya una penuria.

—¿Por qué dices eso?

—El cuarto pasó a ser de pura lámina; el ladrillo costaba ya muy caro y sólo pudimos comprar algunos para improvisar una chimenea, muy chiquita. A pesar de eso, el frío de todos modos siempre estaba muy cabrón. Una noche, después de que mi jefe se fue a trabajar, se soltó una nevada muy cabrona, pero muy muy cabrona. El pinche cuartito casi se desmadraba por la tormenta, por la nieve que le caía encima. Me abrigué lo más que pude, pero aún así sentía cómo mis huesos temblaban de frialdad. El tío había hecho lo mismo, además de haber rematado lo último que le quedaba de su botella de vodka. Yo me acosté y no dejaba de dar vueltas en el camastro para hacer un poco más de calor. Ratito después, el tío se acostó y a cada rato mentaba madres contra el frío. Parecíamos dragones sacando humo por la boca y la nariz todo el tiempo. En eso, que me pregunta si yo tenía el mismo frío que estaba teniendo él, le dije que sí, entonces me dijo que me pasara a su camastro para poder dormir mejor. Me pasé y sí, ya con más calorcito, me dormí. Al rato, de repente, sentí frío entre mis piernas y me desperté; era la mano del tío. Me lo estaba sobando, el muy puto, pero me quedé quieto, como una pinche estatua. No sé qué me pasó, pero… no supe qué hacer.

—Si quieres, ya no sigas contando, güey.

—Fue hasta que me dijo que era por el pinche frío, y que sentí su verga bien parada detrás de mí, cuando reaccioné y traté de zafarme, forcejamos, pero era más cabrón y robusto que mi papá, como un bisonte. Terminó cogiéndome.

Se hizo un pesado y triste silencio.

—No sé qué habrá pensado después, pero el pinche borracho se durmió. Así nomás. ¡Se durmió como si nada! Yo estaba chillando y me dolía el culo de a madres. Cuando me paré, me dolió como no tienen ni puta idea, y cuando empecé a caminar, ¡no saben! El pinche dolor era insoportable. Nunca me imaginé que eso fuera así. Tuve que abrir las patas para poder medio caminar. Con una sábana, agarré un ladrillo, todavía al rojo vivo, y le golpeé la cabeza lo más fuerte que pude, una y otra vez, una y otra vez… un chingo de veces. Me puse mis zapatos, una chamarra, mi gorra y me fui. Supe que tenía que largarme de allí. Conociendo a mi jefe, estaba seguro de que me hubiera matado en un abrir y cerrar de ojos, así nomás, sin preguntar nada de nada.

Con pedos llegué a la montaña Trèfle para refugiarme, y ahí chillé, chillé y chillé por un chingo de tiempo, y cuando terminé, me dije a mi mismo que aquellas lágrimas, serían las últimas que mis ojos sentirían. Me lo prometí. Nadie en el mundo me arrancaría una sola más.

Silencio absoluto, sepulcral.

— …pero…

Sergio tenía muy abiertos los ojos cuando Pedro y Felipe se atrevieron a decir.

—Pero no es cierto, ¿verdad? ¡No es cierto! No es así.
—Aquellas no fueron tus últimas lágrimas.
—Nosotros no somos tu papá, digo, es cierto que te explotamos y te cogemos, pero jamás te echaríamos a pelear con otro mocoso.

Pedro moduló el tono de su voz, haciéndola más grave, simulando la voz gruesa de un adulto, de esos a los que les encanta dar lecciones en plan muy serio.

—¡Eso es bastante indecente y nosotros, tú bien lo sabes, no somos así!

—Ja ja ja ja ja ja ja ja ja.
—Ja ja ja ja ja ja ja ja ja.
—Ja ja ja ja ja ja ja ja ja ja ja ja.
—Ja ja ja ja ja ja ja.

Aquel momento, en el que el ambiente estalló en una risa que se tornó carcajada, se prolongó al infinito, revelándole a Sergio que no estaba seco del todo. El sueño exterminó la exaltación, también, infinita.

El pan diario

UNA MAÑANA COMO ESA no podía ser mejor para despedirse para siempre de aquella dura prueba, la más difícil de su existencia. Dejó todas sus pertenencias personales, pues se repetía a sí mismo que eran parte del paréntesis, el mismo que ya había superado. La pausa por fin había quedado atrás.

No cabía de júbilo ante la certeza del encuentro con sus hermanos entrañables. Sólo llevaba puestos unos pantalones, un saco, una camiseta, un par de tenis y unas gafas, todo, extraído de la plaza Hiro Hito Zu, famosa por su venta de artículos subnormales del vestido a precios de igual calificativo. Felipe experimentó cómo aquella vestimenta iba conformando poco a poco su segunda piel, mientras su vista le indicaba que esa era la esquina donde debía descender del autobús. Al pisar el asfalto, aquel asfalto diferente, bastante sombrío, tapizado de costras malolientes, quiso echarse a correr, pero decidió no hacerlo, quería disfrutar de lo cotidiano que el cuadro aquel, justo al bajar del autobús, le proporcionaba. ¿Qué habría pasado en aquel *ghetto* durante su ausencia? Las miradas a su paso eran inexpresivas, otras de duda, otras de confusión, otras despectivas y otras de abierto desafío. Felipe gritaba sin gritar ¡Vamos! ¡Anímense, cabrones! Quería comprobar si su audacia para las revueltas callejeras seguía intacta o si sus capaces y calculadoras ansias de brindar verdaderas golpizas mortales habían decaído, pero nadie le brindó el gusto de comprobarlo. Tal vez aquellos gritos sí se llegaron a escuchar en el interior de no pocas mentes, después de todo.

Al acercarse a la tapadera de la cloaca, no pudo más que contar los últimos cinco pasos antes de llegar a ella. Indescriptible lo que sintió al levantar aquella coladera. El olor enclaustrado que despedía era mucho más intenso de lo que recordaba. Al bajar la escalerilla y ver el dormitorio, se desconcertó. Faltaban cosas, y las pocas que había estaban destrozadas, inservibles. Se concentró en un aroma que no podía encasillar entre éter y alcohol o ambos, venía de la cocina. Al entrar, sus ojos y su boca no pudieron abrirse más. Tal vez, Felipe no hubiera hecho esa mueca tan terrorífica, si tan sólo hubiera visto la misma imagen con la que Ramón había perdido la conciencia. Fascinado, Ramón había hablado largo y tendido con el conejo de la luna. Había jugueteado con él, lo había perseguido mucho rato, fingiendo ser el coyote de la historia aquella. Se habían cansado, se pusieron a platicar sobre el mismo pasto. Corrían eternidades y se cansaban. Lo volvió a perseguir, pero esta vez, el conejo le dijo que ya, que el juego había terminado. Se comenzaron a escuchar aullidos a lo lejos. Habría luna llena, y tenía que volver a casa. Subió la infinita escalera y ahí se quedó, agrandándose dentro del satélite. La luna se inflaba y se desinflaba, una y otra vez, cual enorme pelota, como la bolsita pegada a su nariz y a su boca. Ese había sido su alucín. Ramón yacía ahí, en una esquina, tirado, el pequeño Ramón, ya adolescente, tapado con una cobija y una bolsa de pegamento industrial a su lado. Innumerables bolsas y latas con pegamento seco en su interior rodeaban su humanidad. Felipe se puso al borde del colapso, del vómito. Lo indescriptible de su emoción al llegar a ese añorado lugar se había colapsado en ese mismo momento, preciso instante en el que entró Pedro.

—¿Negro?… ora a quién chingad…

Felipe jamás se imaginó que lanzaría una mirada como la que lanzó, y mucho menos a Pedro. La frialdad y la expectativa penetraron los ojos de Pedro, haciéndole reprimir el abrazo que hubiera querido dar, poniéndolo en la evidente y penosa situación de ser el portador de una explicación para el ausente.

—¿Quieres decirme qué es todo esto?
—¿Todo esto?
—No, pendejo, seguramente todo lo que está allá afuera.
—Espérate, Felipo, ¡cálmate! Vamos al dormitorio.

Felipe comenzó a gritar.

—¡No me voy a calmar y quiero respuestas ahoraaaa! ¡Yaaaaa!
—Pedro no pensaba ser merecedor de aquel trato y también gritó.
—¡Pues así no obtendrás ninguna, cabrooón, y no quisiera seguir gritando pues el pinche Tripa está muy enfermo y lo que menos quiero es que se nos vaya a morir ahorita!

Felipe cambió por completo su semblante, se calló, se llevó las manos a la cabeza y luego al rostro, después se dirigió a Ramón con un sentimiento de culpa y ternura infinitas, se puso en cuclillas ante él.

—¿Qué tiene? ¿Qué le pasa?

—No sé. El pinche doctor ni me explica nada de nada. Nada más lo pone todo en las recetas, y yo, la neta, a veces ni le entiendo a su móndriga letra.

—¡Y yo que creí que no iba a necesitar de nada!

—¿Qué?

—Nada, cosas mías. Ve por un taxi.

—¿Un taxi?

—¡Síiiiii, un pinche taxiiiiiii! ¿O qué? ¿Ya ni siquiera puedes hacer una cosa tan simple como esa? ¡Maldita seaaa!

Después de quedarse momentáneamente paralizado, Pedro salió de prisa ante los gritos, mientras Felipe contemplaba a Ramón.

—¿Por qué caíste de nuevo? ¿Por qué?

Suspiró luego de tragar por completo aquel golpe.

—*¡Todo tiene un precio!*

Después de pensar eso, Felipe salió y pidió ayuda a los indigentes de una calle cercana y hasta ese lugar llevaron a Ramón; ahí tomaron el taxi.

—¡Al hospital Do Corpo!

Del hospital era dueño un amigo de su padrastro con el que se había identificado en ciertas cosas, había coincidido con él varias veces en su antigua casa. No hubo problema para internar a Ramón exceptuando que, al llegar, no querían recibirlos siquiera; el aspecto que llevaban consigo se le hacía imposible de aceptar, de digerir, a la administración de sendo hospital de cinco estrellas. Sin embargo, no pasó mucho tiempo para que el doctor le dijera a Felipe que era innecesaria su presencia, ya que el muchachillo estaba grave.

—¿Qué tan grave?

—Bastante grave.

—Pero, va a sobrevivir, ¿verdad?

—No puedo asegurártelo ahora, en unos días veremos cómo reacciona, todo depende de su fortaleza.

—Haz todo lo que puedas, Oswaldo, por favor. Y ya sabes, por dinero no te preocupes, ¡sálvalo!

—Está bien, lo sé; se hará todo lo posible, ¿de acuerdo? Te prometo que haré todo lo que esté en mis manos para salvarlo.

—¡Gracias! Ya nos vamos, entonces.

—¡Bye!

No hubo palabra alguna durante el trayecto de regreso. Felipe abrió la boca sólo hasta que llegaron al interior mismo de la cloaca.

—Ahora sí. No hay nadie. Ni el pobre del Tripa ni nadie, cabrón. Ahora sí nadie me va impedir alzar la puta vooooz. Quiero una explicación chingona y no quiero que me vengas con mamadaaaas.

Felipe estaba nuevamente alterado, en plena explosión. Su neurosis y desesperación apenas podían ser calmadas por el cigarrillo que había prendido. Se percató de que sus gritos habían atraído a varios callejeros que se arremolinaron alrededor de la tapadera, disputándose la mejor vista. Tomó un pistola que había en el piso y comenzó a tirotear la tapadera mientras gritaba.

—¡Y ustedes qué, ¡malditoooos! ¡Lárguenseee! Hijos de su puta madre, parecen viejas jubiladas.

Los de arriba salieron despavoridos, algunos malheridos o tuertos ya, lanzando maldiciones.

—Felipe, cálmate, por favor.
—¿Que me calme? ¡No me voy a calmar, cabrooón, no me voy a calmar y aún no me has dicho ni madres!, ¿o qué?, ¿quieres que te ponga una madriza para que me digas qué pasó?
—¿Serías capaz?
—¿Quieres comprobarlo, imbécil?
—Hablas como si yo tuviera la culpa de todo.
—¡Maldita sea, no puedo creerlo! Si quieres esperamos al culpable, o a los culpables… no no no, mejor a las culpables, al fin que yo ya sé quiénes son, ya sé quién es, no hay pedo… ¡pendejooo! ¿De qué me hablas? Estuve años fuera de aquí, ¿recuerdaaaas? Pensé que ya se te había quitado lo campesino.

A Pedro se le cristalizó el cuerpo, se le cerró el pensamiento y sintió que las fuerzas se le escapaban, pero intentó mantenerlas y concentrarlas en sus entrañas. Apretó fuertemente los puños y se mantuvo en pie. Tragó saliva y desde aquellas mismas entrañas comenzó a hablar.

—Después de que te fuiste, seguimos las instrucciones que nos mandaste. Teníamos que elegir a alguien para que nos mantuviera en contacto contigo.
—Omite los detalles que ya sé, ¿quieres?
—Digamos que el primer año fue el único que cumplió con las expectativas. Después todo empezó a bailar. El Toño empezó a organizar atracos sin ton ni son, pero lo hacía todo mal.

El jadeo y la presión no disminuían. Se oían gritos más que voces.

—¿Y por qué no le dijeron al muy pendejooo?

—¿Crees que no lo hicimooos? Yo, el Lurias, el Tripa, toooodos, pero al güey le valió madres. Nos puso en un chingo de peligros. Una noche casi matan al Tripaaaa... ¡oh, por Dios! ¿No sabías nada de esto, entonces?

—¿De qué chingados estás hablando?

—¿No se supone que estabas en contactooo?

El pequeño lapso de silencio y la mirada atónita de Felipe le dieron la respuesta.

—¡Lo sabía, lo sabía, lo sabíaaaa! ¡Malnacido de mierdaaaa!

—¿Qué?

—Ese maldito nos decía que estabas de acuerdo en todo lo que él hacía.

—¡No mameeees! Sabiendo cómo soy, ¿cómo pudieron creer en semejante mierdaaa? No es posible. ¡Oh, no! ¡Nooooo!

—Él era el único que tenía tu dirección; tú dejaste bien claras tus instrucciones. Yo se la pedí, pero él dijo que a pesar de nuestros pedos no debíamos interrumpirte o perturbarte por un asunto que no entendí, pero que era peligroso para ti, así que ya mejor ni le moví al asunto.

—¡Maldito Negro asquerosooo!.. Y qué, ¿nadie pudo armarse de güevos para hacerle frente o qué?

—¿Qué no estás escuchando? ¿Cómo íbamos a hacer eso si pensábamos que, efectivamente, tú estabas de acuerdo?

Desconcertado, Felipe guardó largo rato de silencio después de sentarse en el piso mientras seguía fumando, tratando, al mismo tiempo, de arrancarse el cabello del cuero. La serenidad iba impregnando ya sus palabras.

—Dime, cuéntame más, cuéntamelo todo, ¡por favor!

—Es que, cosas como esas pasaban todo el tiempo. Hubo una ocasión en la que casi descubren la cloaca, por una pendejada del Lurias.

—¡Ese güey nomás no entiende, no entiende!

—Ese día llegó derrapando y aseguró la coladera, dijo que no saliéramos porque había valido madres; yo le pregunté que por qué o por quién, pero ese güey no contestó. Apagamos las luces y todo, nos mantuvimos callados y sin saber qué pedo. Ya sabes, escuchamos sirenas, helicópteros, las naves rastreadoras, corretizas. Así nos fuimos a dormir. Caímos en la cuenta hasta que vimos el noticiario al otro día. Había volado una Gas Station en la Paneiro Press cuando un chingo de coches todavía esperaban a cargar. ¡Familias enteras, Felipoooo! Ya pa qué le sigo.

—¡Esto se ha degenerado! ¡Se ha degeneradooo!

—Yo sí, de plano me largué, porque, además, la vieja del Negro fue la gota que derramó el vaso.

—¿Cómo que «la vieja del Negro»?

—Hace como dos años, el Negro se fue de farra, un chingo de días hasta que regresó, pero con una vieja. Una puta. Yo ya la había visto en el barrio Del Rojo. Pensé que sólo se iba a quedar ese día, mientras se la cogía y pasaban la fiaca, ¿no? Pero pasaron los días y los días, y parecía que esa pinche fiaca no terminaba nunca. Le dije al Negro que qué pedo con la vieja esa y él, simplemente, me mandó a la chingada, tal cual. Me dije: «pos si la calle es más ancha, ¿qué chingados sigo haciendo aquí?»

—Entonces, ¿por qué estás aquí?

—Me encontré varias veces al Tripa tirado en la calle, siempre con una bolsa de cagada en su mano. Terminaba trayéndolo hasta acá; le dije al Negro que me iba a dar mis roles por aquí cada semana para ver al Tripa y ahorita que vine, pues... ya viste cómo lo encontramos.

—¡Pero si mírate, tú! Más tilico y flaco no podías estar.

—Cuando menos estoy, que ya es ganacia.

En ese momento una idea se apoderó de Felipe.

—Y dime, esa pinche puta no es de las...

—¡Ajá! Sí. ¿De las parásitas? ¡Sí!

—Bien, mira, vamos a hacer esto, no le digas a nadie que he regresado, a nadie, ¿me oyes? Voy a vigilar a esos por unos días y, sea lo que sea, de todas formas estaré por aquí como dentro de tres semanas, dame tres semanas.

—¿Y qué les digo del Tripa?

—Que no estaba cuando llegaste, que... ¡qué sé yo!, ingéniatelas. Bien. Nos vemos cabrón. Nos veremos muy pronto

—Yastás, Felipo.

Felipe consiguió hospedarse en uno de los muchos cuartuchos que se rentaban en los edificios aledaños y no tardó en mezclarse con el ambiente lumpenezco de aquellas calles, todo con el fin de conseguir información fidedigna de lo que había ocurrido con todos sus hermanos durante ese tiempo, en la medida de lo posible. Tenía que saberlo todo, y para eso no había otro lugar más ideal. Para tal propósito, sabía de los contactos, los rincones y también que no necesitaría de grandes sumas de dinero para salir avante. El tiempo se cumplió, al final, lo de Ramón no había resultado tan grave, y el regreso de Felipe se realizó para, ahora sí, afirmarse, para concretarse, de manera definitiva.

Sabía que a esa hora no se encontraba nadie en la cloaca, así que ordenó a su acompañante que permaneciera en el área del baño y que no saliera hasta una indicación suya, previamente acordada.

Como si supiera exactamente el momento en el que iban a llegar, Antonio y la muchacha aparecieron. Ella apenas cupo en la coladera pues su enorme vientre, que delataba su adelantado embarazo, apenas le permitía entrar. Felipe estaba sentado en el suelo, fumando. El humo le advirtió a la muchacha la presencia de alguien: ya estaba mirándolo fijamente cuando Antonio apenas había bajado bien de la escalerilla. La enormísísima sorpresa no se hizo esperar. En alguna parte de su cabeza, surgía la escena, ya había visto eso.

—¡Felipo!
—¡Órale! Así que, después de todos estos años, por fin voy a conocer al tal Felipo.

Felipe sólo se dedicó a fumar lo último que quedaba del cigarro que había forjado con paciente esmero; sosteniendo el humo, su voz distorsionada se escuchó, además de chistosa, como si tuviera una ronquera muy severa.

—¡Qué pasó, mi Negro!

Siguió sosteniendo por un buen rato la respiración, tragó saliva y expulsó muy poco humo al final.

—¿Este es el Felipo de quien me hablabas?
—Sí, es él.

Felipe acercó una petaquita que contenía varios frascos pequeños con sustancias que distinguía por su color, además de cuatro jeringas de diferentes tamaños e innumerables agujas. Antonio no salía de su estupor, no encontraba palabras mientras la muchacha no podía ocultar cierto grado de decepción e indiferencia. Felipe abrió la petaquita preguntando.

—¿Tienes un encendedor o unos cerillos? Digo, como veo que ya no tenemos estufita…

—Ss… este… sí, sí tengo, son unos cerillos; vienes bien cargado, ¿verdad? No sabía que te astillaras.

Felipe inyectaba uno de sus frascos.

—Ni yo, je. Lo averigüé hace muy poco.

Mientras dejaba la jeringa, ya llena, sacó de su chamarra una cuchara sopera, una liga quirúrgica y una bolsita con polvo café. Abrió la bolsita y colocó una buena porción en la cuchara.

—¡Enciende un cerillo!

El fuego comenzó a calentar la cuchara y, a su vez, a fundir el polvo.

—¿Dónde la conseguiste? Se ve que es de la cojonuda.

—Esta madre se consigue donde sea, ¡no mames!, Negro, deberías saberlo.

—Bueno, sí, pero también es importante saber de qué barrio la sacaste, y más cuando es de esta calidad.

—¡Ya está!

Dijo la muchacha.

—Sostén la cuchara para absorber esta madre.

Felipe se dirigió a ella.

—¿Podrías traer la liga y trenzármela en el brazo? Sí sabes cómo, ¿no?
—Psss, ¡a güevo!

Después de esa acción, Felipe dio unos pasos atrás, se hinchó la vena y se inyectó poco a poco, sintiendo así el calor de lo que se estaba introduciendo.

—¡Qué chingón! ¿No podrías conseguirme un poco?
—¿De verdad quieres que sigamos hablando de mi adicción, de pendejadas de mierda o de cosas realmente importantes?

Si Felipe traía un calor a punto de ebullición por dentro, Antonio se iba colmando de hielo en ese momento.

—¿De qué quieres hablar, güey?
—No sé. Digo, mis botas están sucias, serían un buen tema de conversación, un buen comienzo después de un chingo de tiempo, ¿no, pendejo?
—¡No mames, pinche Felipo!
—Veo que tienes más barros, vamos, cuéntame, ¿qué le pasó a tu jeta?
—¡No mam...
—Esos sí son pedos importantes, ¿o no?

El matiz de la voz ya para entonces se había tornado recio, fuerte, directo.

—Ya sé a dónde chingados quieres llegar…

Los aplausos irónicos no desentonaron con las palabras.

— ¡Bravoooo, bravoooo! Por fin sabes lo que quiero. ¡Bravo, Negro pendejooo!
—¡Yo me piro de aquí!
—Espérate tantito, ¿a dónde vas?, si traje regalos para tooodos.
—Escúchame bien, hijo de puta madre, yo no tengo por qué aguantarte.
—No te preocupes, mierda, no quiero que me aguantes a mí. ¡Jericoooooooooooó!

Casi al instante en que Felipe gritó con todas sus fuerzas, una joven de aspecto hombruno apareció.

—¿Me recuerdas, A-ra-ña?

Un susto enorme se alojó en la muchacha embarazada.

—¡Toño, sácame de aquí! ¡Por favor!
—Ay, pero, ¿por queeeé? ¡Oye! Que yo sepa, ustedes adoran este lugar. Apenas hace unos días tuvieron su último desmadrote aquí mismo… y digo el último porque sé que en los últimos, mmmmm, ¡qué serán!, ¿tres años?, ¿sí?, sí, tres años, prácticamente ustedes son los que han estado organizado unos desmadres fenomenales aquí mismo…

Se hizo un silencio pesado seguido de un estruendo.

—¡Aquí mismoooo!... alcohol, drogas, armas, pitos, culos y todo un ejército de güeyes coge y coge, ¿y ahora te quieres ir, Arañita? ¡No puede seeeer! ¡No puedo creerlo! Aaahhh, ¡ya sé!

Felipe sudaba y tenía una temblorina que no paraba. Eran como olas dentro de su cuerpo, en un vaivén que comenzaba en sus pies y rompía en las yemas de sus dedos.

—Seguramente te quieres ir porque, ¡chin!, ahorita mismo, ¡qué casualidad!, te acabas de dar cuenta de que ya no te gusta. Sí, eso debe ser, porque, digo, ¡mira este lugar! Ya no tiene su cocinita, ya no están los tapetes, ni las cajas; no están los cuadros, no está el reloj... ¡y mira las cortinas! Seguramente alguien pensó que eran para romperse y no para hacerlas simplemente a un lado... ¡y el baño! ¿Qué habrá pasado con el baño? Bueno, es que, si no me falla la memoria, en nuestros buenos tiempos, nosotros solíamos bañarnos y hacer nuestras necesidades primarias, básicas, allá, en la parte donde veíamos correr nuestro hermoso río llamado desagüe. ¿Sí pudiste ver el desagüe, Jericó?
—Sí.
—¡Aahhh! Pero después, cambiaron la sede a este cuartito, donde cogían, cogían y cogían, regando ese formidable olor a sexo por todos lados. Cuando terminaban, les daban ganas de orinar, pero preferían hacerlo aquí mismo antes de hacer todo ese enoooorme recorrido hasta «allá», hasta el baño. Tal vez, como está el desagüe, ya sabes, Jericó, el olor, aaaaggghhh, eso les pareció indigno para su alcurnia, ¡sus Majestades!, o, ya sé, no era nada de eso, tan sólo decidían marcar su territorio, como los perros, como los alces, y es por eso que cada rincón de este cuartito huele un chingo a... ¡meaaaaaaaadoooooooooos!

Ante el grito fortísimo, la muchacha no pudo evitar que Felipe la tomara de los cabellos fuertemente, haciendo que cayera de rodillas ante él y obligándola a verle el rostro. Reaccionando al instante, Antonio quiso intervenir; sin embargo, la humanidad de Jericó se interpuso con una jeringa preparada de antemano.

—No me subestimes por ser mujer, ¡negro asqueroso! Ni por un segundo, culero.

El negro tipo, retrocedió, lleno de miedo. No quería morir por ninguna bacteria extraña, como aquella bacteria patentada con la cual habían asesinado selectivamente a muchos niños de la calle en varias provincias del país. Se contaminaban jeringas que terminaban en la calle. Niños y adolescentes caían muertos, rodeados por jeringas.

—¡A meeeeadoooooos! ¡Maldita puta! ¡Maldita putaaaaaaaaa!
—No mames Felipo, está embaraza...

Antonio sólo sintió un demoledor golpazo en su rostro que lo dejó fuera de servicio. Ese golpe de Felipe lo tumbó.

—Tú, tú cierra el hocico, pinche negro de mierdaaaa.

La muchacha, aún con agallas, no se quedó así; también sabía hablar.

—Salga o no salga de aquí, hijo de la gran puta, te va a cargar la chingada. Te lo juro. ¡Ya te chingaste! No sabes en la que te metiste, cabronsísimo. ¡No tienes ni la más puta idea!

Felipe volteó hacia ella con los ojos bien abiertos a más no poder, lanzándole una mirada como la de un ser con rabia, inyectada de sangre casi por completo.

—Mira nomás. ¡La perra perdida pelando los dientes! Tú sí que tienes poca madre. ¿Crees que esa prole con la que te juntas, te va a salvar de este pedo? ¿Que te va a hacer el paro? ¿Crees que van a venir en fila india a salvar a la putita de la Araña? «La Araña», ¡qué apodo más cagado! ¿Quién te lo puso?

—¡Chinga tu madre!

—¡Uuuuuuuyy!

Felipe se acercó a ella, la jaló nuevamente de los cabellos y le apretó el vientre.

—Dime, perra, ¿conoces al Kaiser?

El dolor le hizo responder de inmediato.

—Aaaaaaaayyyy, sí, sí.

—¿Quién es?

—Lo conozco y va a ser él quién te haga pagar por esto, bastard… ¡aaaaaaaaayyy!

Comprimiéndola brutalmente, Felipe le dijo.

—Tu Kaiser es mi lamegüevos, mi huelepedos, mi perrita personal. A ese pobre infeliz lo compré desde hace mucho tiempo, desde mucho antes de que me largara, claro, después de ablandarlo, porque en el fondo, ahora que lo veo bien, era como tú… ¡noooo! Era peor, pero apestaba igual, eso sí. Tenía que asegurarme, a cualquier precio, de que mis hermanos estarían bien seguros en este cuadrante. El más fétido del orbe. Sólo tenía que velar por su seguridad, sólo eso, lo demás valía madres. Así que, bueno... un solo chasquido de mis dedos y el famosísimo Kaiser deja de existir, perra. Pero, bueno, ¿en dónde estábamos?

Al percibir tanta seguridad en las palabras de aquel que, pensaba, era un simple loco, la muchacha adolorida, como pudo, muy discretamente, buscó la expresión de Antonio y encontró la de un terrible, verdadero y muy real miedo, confirmando lo que, en el fondo, esos adentros que ella ya bien conocía, estaba viviendo el negro aquel, captando así el mensaje que este le estaba enviando con la mirada en fracciones de segundo: que no pusiera en tela de juicio, ni por un instante, ni uno solo, las palabras de aquel loco, al que comenzó a tomar con más seriedad de la que, hasta entonces, le había concedido.

—¡Ah, sí! Ya recuerdo. Me amenazaste...

Mientras aquel hacía una larga pausa, un escalofríos la invadió, haciéndola temblar mucho más rápido que su interlocutor, obvio, por muy diferentes y opuestas razones.

—...y una amenaza como esa no se puede quedar sin su contraparte, sin su respuesta. Me gusta ser lo más justo posible, ¿sabes?
—De su pretina sacó un arma.
—¿Sabes qué es esto?

Metió su mano a un bolsillo.

—Acá tengo algunas balitas.

—No, noooooo, ¡por favoooor! No me mates; te pido perdón si es eso lo que quieres oír, pero...

—¡Uuuuuyyyy! ¡Sssshhhhh! ¡Cálmate! ¡Cálmate! Todavía ni comenzamos el juego y ya estás chillando. ¡No mames!

—¡No, por favoooor!

—¡Shhhhhtt! Escuchaaa. En él, va de por medio... ¡salvar tu vida!

—¡Nooooooo, noooooo!

—Y deja de chillar, que esos chillidos no te van a dejar escuchar las reglas y no quiero que los aquí presentes me vayan a tachar de mierda por haberte plomeado o perdonado injustamente. Bien. Mira puta, esta madre, como puedes ver, está descargada; cada bala de acá significa una mentira. Voy a contar una parte de tu vida, una parte que sólo nos concierne a los aquí presentes; durante el relato, me detendré varias veces, e inmediatamente después, tú lo continuarás o te haré preguntas. Cuando yo pare de contar, tú debes continuar la historia, si no lo haces en menos de cinco segundos, yo añadiré una bala a esta madre, y lo mismo pasará si mientes. El que calla, otorga, así que... bueno. No te preocupes en tratar de engañarme, yo sabré si lo haces. Además de que no tendrás tiempo para eso, ¡créeme!, yo lo sabré. Sólo cuando haga preguntas, tendrás derecho a pensar un poco las respuestas, pero sólo eso, un poco, ¿de acuerdo?

La muchacha no dejaba de llorar y de temblar.

—¡Noooooooooo! ¡Por favoooor!

—¿De a-cuer-doooo?

La muchacha, entre mocos y lágrimas, asintió.

—Bien, primero vamos a lo general. Viviste en Sweet Side hasta los doce años y te largaste de ahí porque estaba ya casi por llegar el aviso del gobierno en el que te notificarían que tu subsidio por orfandad estaba a punto de vencerse. Eso sin contar todos los datos falsos que diste para obtenerlo, pero bueno. En pocas palabras, pronto tendrías que comenzar a trabajar en alguna mierda del Estado o en lo que fuera.

—¿Cómo supiste es…

—Eso te costará una bala.

La muchacha enmudeció, sorprendida por estar escuchando cosas de su más íntimo pasado, cosas que nunca compartió con nadie.

—Llegaste a Rose City y allí supiste lo que un buen culo podía hacer. Comenzaste a prostituirte para sobrevivir y, como es costumbre en estos casos, te enrolaste en toda la mala leche de por allá; como caíste en cuenta de que habías perdido el control de ti misma y de que todos te utilizaban, te aventuraste a escapar. Mismo modus operandi. Después llegaste a Carolo, pero esta vez ya con los ojos bien abiertos. Habías dejado atrás a la pendeja putita inexperta. Así que, comenzaste a hacer de nuevo lo único que habías aprendido en The Rose, pero esta vez con más cautela, con más malicia. La mala leche te envolvió otra vez, pero ya no sólo mamó de ti, tú también mamaste de ella y así supiste equilibrar las cosas. La verdadera perra maliciosa comenzaba a surgir.

En algún reven nefasto, ¡esos famosos revens de Carolo!, conociste, ¡cosas del destino!, a Froy. No pasaría mucho tiempo para que te enteraras que ese era el palo más alto de aquella región; al saber esto, averiguaste su cuadrante y gracias a tus «armas», Froy cayó a tus pies. Por medio de él conociste muchas cosas y te aprovechaste muy pero muuuy bien de ellas. Así estuvieron las cosas; cualquiera podría haber jurado que estaban muy enamorados y que tú permanecerías allí todo lo que te quedaba de vida, peeeero…

La muchacha continuó la historia. La prueba había comenzado para ella.

— …pe … pero hu… hubo un pro… blema. Un problema muy cabrón. Froy traficaba polen negro y un día había salido algo mal. Dejó de tener protección policíaca y los comunicadores le dieron la espalda… así que yo me escabullí y me hice la perdedi…

—…la perdidiza. Te hiciste la perdidiza, sí, exacto, hasta que, dando tumbos por todos lados, finalmente llegaste a Encarnación y ni más ni menos que… ¡al gran suburbio Del Rojo! ¿Fue eso una mera casualidad?

—¡Sí!

Felipe colocó una bala más.

—¡Maldita sea! ¡Nononono! ¡Noooooooo! Por favoooor. No, por favor, ¡perdónameee!

—No hay ningún problema, mi reina. Tú mientes. Yo pongo balas. Tú te haces pendeja. Yo pongo balas, así de sencillo.

—No fue casualidad. Pregunté e investigué todo. Por medio de los camioneros de la carretera del sur, supe del Kaiser y…

—¡Basta! Dejemos hasta aquí los datos generales de tu vida; hay tantas chingaderas tan estúpidas que serían irrelevantes para el asunto que nos interesa. Sigamos con lo más interesante, lo particular. Debido a tu innegable belleza y gracias a que nadie sabía absolutamente nada sobre tu persona, pero más que nada, gracias a tu calenturienta forma de ser, el Kaiser, al igual que el Froy, también cayó a tus pies, ¿cierto?

—Sí.

—Ya siendo la puta exclusiva de este cabrón, creo, pienso... intuyo que te propusiste no enamorarte de él, no clavarte, pues ya habías tenido una muuuy mala experiencia.

—Así fue, tal cual.

—Es por ello que anduviste picoteando en diferentes proles, para tratar de ver si podías follar con los meros meros y así tener más opciones de protección, estabilidad y control. Entre esos meros meros, te encontraste con un negro llamado Toño, que, ¡taráaaaan!, está aquí a mi izquierda, de cuyo grupo prole te diste cuenta de que era muy, pero muy respetada por toda Encarnación y, en especial, por Del Gris. El respeto era tan grande que, al comprobar que hasta el mismísimo Kaiser respetaba esta especie de frontera de la prole, no resististe la tentación de husmear, de chismear, de ir... de ir más allá, ¿cierto?

—Sí, también así fue.

—Al darte cuenta de la poquísima gente que tenía esta prole, así como qué escuincles eran en relación con otros güeyes, te pareció ridículo, en un principio, y ridiculísimo y bien pendejo después, por todo lo que esta prole provocaba, todo lo que movía, el poder que tenía, en todo lo que se había convertido, en fin, todo ese poder del que nomás no podías averiguar su fuente. Pero tu ambición y tu curiosidad no cesaron, no pararon. No te detuviste ahí, no lo harías. Supiste de su historia y de lo importante que serías si usurpabas, como fuera, ese poder, si lograbas apoderarte de él. Ya sabías lo que querías, así que te fuiste sobre el Negro. Le mamaste su pitote y sus güevotes, y sin más, en ese mismo instante, el Negro también cayó en el embrujo de tus encantos. Le arrancaste de su propia boca todos nuestros asuntos; fue así que te enteraste de mí, de la cuenta, de los planes, ¡de todo! ¡La fuente de este poder! Fuiste con el Kaiser y le hiciste un comentario: «Esos pendejitos de Del Gris...

—«E... es... esos pendejitos de Del Gris... tienen una verdadera mina de oro...

Interrumpió su respuesta, haciendo un breve silencio, mismo que se prolongó.

—¡Vamos, sigue, con una chingadaaa!

Ante la tardanza, Felipe colocó otra bala. La muchacha continuó la cita entre sollozos y muy lentamente.

—...tienen una cuenta enorme en el banco y tienen unos pedos muy bien hechos. ¿Por qué no nos unimos a estos pendejos y nos los chingamos?».

Remataba el recuerdo de aquella forma y llorando copiosamente.

—Ahora entiendo por qué ese hijo de la verga nunca hizo nada, ¡nadaaa!

—¡Exacto! Y como él no hizo nada, tú decidiste aprovechar la situación con el negro estúpido este y exprimir lo más que se pudiera a mi prole, sin importarte nada de nada en lo más mínimo cómo le dabas en la madre o el límite al que pudieras llegar.

Felipe comenzó a gritar.

—¿Verdaaaaaaad?

—Nooo no no… sí…digo… sí siií.

—La puta podía llegar hasta donde ella quisiera, ¿no es ciertoooo? Inclusive llegar a embarazarse en sus cogederas colectivas para después hacerle creer al puto negro que era de él y así poder vivir felices a sus costillas, a costillas del negro y de su estúpida prole, ¿no es eso verdad, maldita putaaaaaaaa?

Antonio estaba sobresaltado y se sobresaltó aún más.

—Y tú, méndigo promiscuo de mierda, ¿por qué me miras así? ¡Sorprendidooo! ¿De qué te sorprendes? ¿No me digas que estás enamorado de esta perra?

Silencio reflexivo. Sólo se escuchaban sollozos.

—Si es así, o si fuera así, ¿por qué entonces te has estado cogiendo a tres guarras de la periferia regresando a este lugar con esta infeliz fingiendo amor, como si nada?

—El niño… el bebé… pensé que… es que…

—¡Ooohh! ¡Pensaste! ¿Y desde cuándo piensaaaas? ¿Desde que esta te hace sentir que verdaderamente piensas? ¡Maldito imbécil!

—Entonces, ¿cómo…

—¡Arañiiiitaaaa! Explícale por favor, a nuestro tarado favorito, a tu amado, pues, cómo le hiciste, preciosa.

—Tú siempre supiste que yo era una cualquiera, siempre lo supiste, ¡maldita seaaaaa!

El silencio, que regresaba, el que sólo era viciado por unos quejidos de llanto, obligó a Felipe a sacar otro cigarro forjado. La marihuana le haría bien.

—¡Señoooras y señoooores! Tenemos aquí, ante nosotros y sólo por hoy, a la despojadora más cabrona de estos lares y los *ghettos* que los circundan. Ha cogido por aquí, por allá y por acullá, lo cuál no está nada mal, a no ser porque en sus cogidas se lleva y se chinga, al mismo tiempo, a proles enteras, como la de Jericó, aquí presente. ¿Cierto, Jericó?

—¡Cierto! La muy perra me dejó sin nadie, sin nadie allá en Lobersón.

—Bien, creo que sólo falta volver a preguntar. Negro, ¿sientes algo aún por esta infeliz?

—¿Yooo? ¿Por quién dices?

Se escucharon dos disparos. La cabeza y el vientre habían estallado casi al unísono. Dos proyectiles. Dos vidas cobradas a cambio de la humillación padecida. Una por creer tener el control y la otra por el simple hecho de estar aferrada a sus entrañas.

Antonio no había terminado de estremecerse cuando se escuchó otra detonación, que lo hizo saltar, como si tuviera resortes en las piernas. Nuevamente el cilindro y el cañón se habían confabulado. Jericó caía pesadamente de bruces en el seco piso, con un orificio limpio y claro en su amplia y blanca frente, desquebrajada al estrellarse con él, dejando un charco de sangre tibia que no dejaba de expandirse. Antonio miró a Felipe, asustado y desconcertado.

—También tenía que morir; ya no podemos seguir arriesgándonos de esta manera. Otra vez va la regla, para que esta vez ya no la olvides jamás: toda persona ajena a nosotros sólo tiene derecho a ver por una sola ocasión la cloaca. Una sola vez. ¡No más!

Felipe comenzó a poner en orden las cosas que traía. Guardó los proyectiles de su arma, ordenó sus frascos, limpió y cerró la petaquita. Después de apretar el botón azul de un aparato de bolsillo que llevaba, sólo dijo.

—En unos instantes estarán aquí los muchachos, pero ni creas que esto ha terminado aún, pendejo. Ni por un tantito así, ni creas.

Mientras terminaba de chupar lo último de su cigarro, aquellos aparecieron. Se fueron introduciendo a su antiguo refugio muy lentamente. Sintiendo esa atmósfera especial de caño, en esos instantes revuelta con olor a bala quemada y sangre, pero que, a pesar de lo familar, ahora les causaba cierto temor.

—Pasen pasen, acomódense como puedan, pues ya ven cómo está esta madre.
—El piso es lo más chido.
—¡Neta que sí!
—Siéntate Negro, ya estuviste mucho tiempo parado. Bien. No quiero que me digan nada acerca de lo que pasó porque yo ya lo sé. Antes de empezar a repartir putazos, lo único que quiero que me digan es si están de acuerdo en que el culpable directo de todo esto es Toño. Así de simple.

A los muchachos les tranquilizó el hecho de que la voz no sonaba como la esperaban: mordaz. Habló con tranquilidad y con cierto halo de esa añeja simpatía que reconocían. Inmediatamente después de ese reconocimiento, Pedro contestó.

—¡Sí, completamente de acuerdo!

Un aspecto irónico apareció en el rostro de Felipe, transfigurándolo por completo, borrando las impresiones anteriores en él.

—Tomando en cuenta que nuestro querido Pintor fue la persona más cercana a todo este desmadre, tomaré su respuesta como la única válida.

La preocupación y el desasosiego los apresaron mientras la lengua de Felipe tomaba el brío que deseaba.

—¿Qué chingados salió mal? ¿Me lo pueden explicar?

Sus ideas eran bastante claras y directas. Las palabras sonaban fuertes y firmes. La mirada se posaba retadora.

—Es que el Negro…
—Sí, el Negro fue el culpable, pero de cualquier forma todos colaboraron para que esto terminara como terminó. ¿A poco no pudieron hacer algo por su cuenta?

Sudaba y sudaba, su mente comenzaba a moverse de su sitio y sus ojos seguían siendo reinos de sangre que ya derramaban lágrimas.

—¿A poco no pudieron contratar a alguien para que me buscara o algoooo?

Los gritos no paraban mientras sus manos se iban transformando en puños.

—¿Qué? ¿Se les acabaron los güevos para enfrentar las cosas cuando se debe o…

En ese instante, Sergio lo interrumpió, al tiempo que se incorporaba, diciendo.

—¿Y por qué no nos contactaste tú, puto?
—¿Yooo? ¡Yo estaba cumpliendo mi parte del plan!
—¡Ah, sí! ¿Y nosotros qué, pendejo? ¿Crees que nos la pasábamos rascándonos la panza o qué chingados? ¿A poco no pudiste hacer algo tú por tu cuenta al no tener noticias nuestras? ¿No se te hizo raro? Tú eras el que tenías todos los recursos a tu alcance para hacer algo. ¿Ya no te importábamos o qué? Es eso, ¿verdad, puto?

Felipe no pudo más y se le fue encima. La pelea se tornó feroz. Los golpes se impactaban desembocando toda la furia y frustración contenidas bajo la piel de aquellos dos. Las frases se intercambiaban a la par de los golpes.

—No cambias, eres un pinche locooooo.
—¡Hijo de tu puta madreeee!
—Por su culpa está esta madre como estaaaaá.
—¡Y por tu pinche culpa también, culerooo!

Antonio y Pedro tuvieron que intervenir para separarlos.

—Yaaaa… ¡Ya estuvo! ¡Ya estuvooo! ¡Con una rechingadaaaa!

Antonio forcejeó un poco más con Sergio.

—¡Suéltame, suéltame, te digooo! Este pinche puto viene a regañarnos como si fuera nuestra puta madre, cuando él tiene culo que le cojan al güey, él también tiene culo que le cojan.
—¡Eres un pinche ignorante!

—Sí, al chile sí soy un pinche burro, pero no voy a dejar que cualquier pendejo se pase de lanza diciéndome que me faltan güevos; a los demás, no sé, pero a mí, ¡ni madres! ¡A usted es al que le faltaron güevos, ojete! ¡A usted y a nadie más que a usted! Precisamente por ser el dizque más inteligente de todos, ¡a usted es al que le faltaron güevos y sesos, pinche roto de mierdaaaaa!

Ante el dedo que lo señalaba con furia, Felipe comenzó a quebrarse y contestó ya en pleno franco llanto.

—Cuando regresé, el Tripa estaba tirado, ya casi en coma… todo lleno de… resistol indus… trial…y…n… o… no…
—¡Por favooor! Pinche cínico, pinche avienta netas. Pero si nomás mírate, pendejo ¡Nomás mírate cómo estás!

Felipe no aguantó más su humanidad, cayendo dormido en un transe justo al lado del cadáver de la muchacha embarazada, salpicando a todos.

—Está pero si bien pasado, hasta su madre que anda el puto este. ¡Ah! Pero, eso sí, no tiene ni un pinche empacho, el muy culero, en decirnos lo del Tripa. Muy preocupado e indignado que está, el hipócrita.

Sergio reaccionó, volteando a ver al mencionado, al aludido.

– ¡El Tripaaaa! A ver, ven acá pinche escuincle.

Ramón se levantó, pero muy poco a poco. Aún se hallaba algo convaleciente. Su cuerpo de espiga no ocultó el gran miedo que lo invadía.

—Y quita tu pinche carita de mustio, que a mí no me vas a dar lástima, ¡eh!

—Si le pones una mano encima, pinche Lurias, atente a las consecuencias, cabrón.

—¡Nooo! Si ganas no me faltan de ponerle una madriza a este cabroncito. ¿No se te hace, escuincle, como que ya estás güevudito, cabrón? Ya estás grande, ¿sí o no? Ya tienes pelos en la cola, cabrón. A ver, ¿le dijiste a este güey que, antes de que empezaras de nuevo con esta madre, yoooo, yo mismo te dije que te iba a poner una santa verguiza si lo hacías? ¿Qué, de hecho, te la puse? Tal parece que no te sirvieron los madrazos, ¿verdad? Ni a ti ni al culero del Pocho, ¿verdad?

—¿Pocho? ¿El infeliz de la siete?

—¡Quién más! Pero ahorita mismo...

—Espérate, parece que tampoco tú entiendes que esto no se quita a madrazos, no te pongas así.

La respuesta sólo mostraba su grado de indignación y duda violentas.

—¿Y cómo quieres que me ponga? Todo esto es la mierda, ¡chingada madre! Nos culpa sólo a nosotros y también él es culpable. Se la quiere sacar con lo del Tripa y véanlo, ¡astillado hasta su madre! Todo por tu culpa, pinche escuinclita, porque eso es lo que eres, una pinche puta escuincla.

—¡Cállate, pinche Lurias!

—Una vil escuinclita resistolera.

—Pues prefiero ser una pinche escuinclita resistolera a un méndigo puto cogemaricones.

Antonio sujetó fuertemente el brazo de Sergio, deteniendo su ya impulsiva carrera hacia el muchachillo.

—¡Suéltame! ¡Suéltame, o no respondo!

— O no respondes, ¿qué?

—¡Malditooo! Todo esto comenzó por tu pinche negra culpa.

—Eres un pinche loco desquiciado.

—¡Pinche puto cogemaricones!

—¡Ya cállense, chingá!

—¿Y tú qué? Pinche pintor de mierda; con tu pinche cara de «yo no fui» piensas que tienes comprado el cielo.

—No saben valorar ni madres. Todo esto se echó a perder por ustedes dos.

—¿Desde cuándo tienes el derecho a decir eso?, ¡eh! ¿desde cuándo?

—Sí es cierto, ¡malditos perros!

—Eres un pinche chemo de mierda, tú no tienes ni derecho a hablar, ¡me cae!

—Estaba bajo nuestro cuidado, y principalmente bajo el tuyo, Negro culero, pues para eso te escogimos como el contacto más chingón de nosotros y mira con lo que viniste a salir.

—¡Todo por tu puta vieja!

—Si yo le dije desde el principio, pero…

—Todos sabemos ya que eres un pendejo; desde el momen…

Los ruidos que provocaban sus gritos no cesaron hasta bien entrada la madrugada. Se reclamaron todo lo reclamable. Le imploraron a su Pandora personal, cada quien, sin darse cuenta de ello, que abriera esa enorme caja que cada uno llevaba con tanto celo guardada durante todo aquel tortuoso período. La intensidad de aquella batalla había sido tan demoledora, que hasta las mismas ratas prefirieron marcharse en ese instante de aquel lugar, pues de repente les pareció un lugar inmundo y mísero. Todos los participantes en la batalla argumentativa mostraron su lado más pútrido en su afán de vaciar la caja de Pandora del otro. Nadie se acobardó, nadie se salió del lugar de la contienda. Todos entraron a la guerra y murieron en ella, con un sueño profundo, con un enorme desgaste mental. Sus lenguas estaban muy rojas, a punto de sangre, de tanta palabra hiriente que les había pasado por encima. Otro charco se hizo en la cloaca, uno más grande, uno que no paraba de expandirse.

Pedro fue el primero en ver la luz de la tarde filtrándose por los orificios de la tapa. La luz se hizo más y más, y se agolpó de pronto, deslumbrándolo. Alguien había entrado.

—¿Quién e...

Felipe contestó de inmediato.

—Ssshhh. Soy yo.
—¿Qué trajiste?
—Algo para comer.
—¡Tantas bolsas?
—Supongo que deben de tener hambre, ¿no? ¿Te sientes bien, Pintor?

Ante la voz bastante apacible, temblorosa y hasta tímida de aquel, Felipe se había atrevido a preguntar.

—Sí... No... Bueno... ya ni sé. Me siento raro. ¿Qué? ¿No escuchaste nada anoche?
—De lo último que me acuerdo es cuando maté a esta gorda. Estaba hasta la madre.
—Tomaste leche, me imagino.
—Casi dos litros y traigo más.
—Es que anoche... anoche... estuvo cabrón.

—No, no sigas, por favor por favor, no sigas. Ya me imagino. ¿Sabes, Pintor? Mi sueño tenía un punto más alto; algo que tenía que ir más allá de esto. Pero si no hemos logrado pasar esta prueba, que, por lo demás, fue más dura de lo que esperaba, pues, eso quiere decir que debemos parar, que debo parar.

—¿Qué quieres decir?

—No quiero que comience otra nueva confusión; esperemos a que todos se despierten, mejor. Ahora ven, ayúdame a llevar a estas al desagüe.

Después de aventar los cadáveres, Pedro no aguantó más el hambre y abrió un paquete de comida preparada, al que casi devoró de inmediato.

—¡Tenías hambre, cabroncito!

El ruido y la satisfacción de sueño fueron despertando a los demás.

—Levántense, miren, el Felipo trajo comida.

—Hace días que no como, no mames.

—Yo nada más quiero tantito.

—Yo no tengo hambre.

Sus voces sonaban como la de Pedro; trataban de no mirarse directamente a los ojos. Felipe supo que aquel era el momento propicio para exponerles lo que traía en mente, a raíz de lo que les había ocurrido.

—¡Vamos, Negro! Come algo. ¡Cómo aguantas sin comer! ¿No quieren un poco de agua?

Todo mundo, casi al unísono, exclamó.

—¡Siiiiiiiiiiiií!

El agua hizo el milagro de abrir más el apetito y de apagar aquel asfixiante calor abrazador que aún encerraban sus bocas. La comida pasaba al estómago casi sin masticarse y, como había en abundancia, pues no había de qué preocuparse. Terminado el acto, Felipe tomó la palabra antes de que las ideas se escaparan de su mente.

—Bien, quiero decirles lo siguiente, cabrones. Hace un rato le decía al Pintor que yo había esperado algo más de este rencuentro. Esta prueba era más que eso, era un compromiso con nosotros mismos. Algo muy importante que se nos fue de las manos. Con esto, lo único que queda demostrado es que no servimos para cosas grandes, esas que se construyen en equipo, en grupo, las cosas que uno hace dentro de lo que yo llamo la verdadera familia, y no me refiero para nada a la familia de sangre, esa enorme mentira. Somos de esa especie, pues, que no pasará de robar bolsos a las abuelas o asaltar alguna miscelánea deplorable, todo esto mientras pasamos el día molestando pendejas por la calle y mendigando para comprar una vulgar botella de vodka corriente.

—¿Por qué haces esto? Tú eres un roto millonario. Ni siquiera deberías estar aquí, con nosotros.

—¿Estás insinuando que debo irme?

—¡Nooooooo!

Gritó inmediatamente Ramón.

—Nel, nel, no estoy diciendo eso. A ver, lo que estoy diciendo es que tú no tienes necesidad de estar aquí. Con todo tu dinero, bien podrías ser el rey de tu mundo.

—El rey de mi mundo. ¡Qué reino me concedes, eh! ¿Acaso no me he ganado ya un lugar en este?

Antonio guardó silencio.

—¡Esta madre está de la chingada! Ese puto plan fue de mucho tiempo y por eso valió verga. Yo ya ni sé qué pedo, la verdad. Estoy todo revuelto.

—Yo igual.

—Tendremos que empezar desde abajo. Servirá para volver a adiestrarnos e ir ganando terreno otra vez, al fin que todavía infundimos algo de miedo y de respeto, ¿no? No todo está perdido.

—Pongámonos de acuerdo, entre todos, hagamos otro pacto, ¿sí? ¡Por favor!

Las palabras del más pequeño fueron retomadas y se trazó minuciosamente el nuevo camino a seguir. Se llevaron su tiempo. La decisión unánime rebasó, por mucho, la propia expectativa del mismísimo Felipe, quien resultó, al final de aquella conversación, el más sorprendido de todos.

MARZO – PEDRO

No estamos comenzando nada, simplemente retomamos el camino que habíamos llevado antes de que el Felipo le llegara. En cada plan me surge un miedo... pero se me quita en cuanto doy las órdenes a gritos.

JUNIO – SERGIO

Me gusta ver cómo la gente se tira al piso cuando entramos así a donde están. Siento algo cabrón acá dentro —se pone la mano en el pecho— cuando veo esas cabezas tratando de voltear a verme, mi Verga se encabrona y escupe, escupe, escupe.

SEPTIEMBRE – FELIPE

No han perdido práctica. Eso es bueno, así, estaremos mejor preparados para lo que ha de venir.

DICIEMBRE – RAMÓN

Ojalá el Felipo nunca se vaya. Ojalá y no.

MARZO – ANTONIO

Espero hablar con él; no sé ni qué voy a decirle, pero...

Tuvo que pasar un año y medio para que las cosas volvieran a la normalidad. Todos pusieron de su parte. La cloaca quedó nuevamente en condiciones habitables y el grupo se hizo aún más temible que antaño. El respeto que se habían ganado y que habían reforzado, gracias a su fama de gran terror, sus actividades delincuenciales y su impactante sangre fría, infundía miedo en todo el cuadrante, inclusive en toda la ciudad, lo cual hacía de sus personas, y su guarida, entidades intocables. Por otro lado, Ramón fue persuadido de erradicar su adicción a drogas como el resistol, pero no a otras.

—Observa cómo debe astillarse uno, güey.

Felipe le mostraba cómo inyectarse mientras le planteaba.

—El resis sólo te mata el cerebro de putazo. Esto te estimula, te eleva, te pone.
—Y los polvos, ¿no matan?

—Digamos que… sí, pero a largo plazo. Sin embargo, si sabes controlarlo, no hay pedo; además esta madre amplía tus sentidos y la percepción del mundo se torna gigantezca, enorme. ¡Algo chingón!

—Pero, ¿matan?

Al observar que Felipe divagaba en cosas que él ya no alcanzaba a comprender del todo, decidió mejor salir de allí.

—Otra vez ya se puso igual.

Decía el más pequeño de la prole, mientras su interlocutor quedaba atrás, lanzando reflexiones.

—«… y el ser humano está en un suicidio perenne y tu conciencia, en toda su amplitud, su esplendor, comienza…».

Después de aquel suceso pasaron muchos días antes de que Antonio se decidiera a hablar con Felipe sobre algo que consideraba muy importante.

—¡Hey, Felipo!

—¡Qué pedo, güey!

—Es que… quiero hablar contigo.

Al ver que aquel se estaba preparando para estimularse, Antonio le dijo.

—Pero sin que te astilles, ¿va? ¡Porfa, porfa!

Felipe se alarmó un poco.

—¿Tan serio es? No me asustes.

—No, no es nada malo.

—Bueno, pues, entonces, tú dirás.

—Es que... ¡caray!, no sé ni por dónde empezar.

—Esmérate por el principio, como todo el mundo.

Después de un momento de reflexión y una vez que más o menos había puesto en orden sus ideas, Antonio habló.

—Me acuerdo que hace mucho nos dijiste que en nuestros desmadres, en nuestros planes, no tenía por qué morir gente inocente.

—Y pienso que así lo hemos hecho, ¿o no? ¿O qué? ¿Mataste a alguien?

—Nooo, nooo, no es eso.

—¿Entonces?

—Es que algo, alguien, me ha estado molestando.

—Neeeeegro, ¡me sorprendes! ¿Quién?

—No es lo que piensas; es alguien que me está taladrando el puto cerebro.

—¡Aaaahhh! Entiendo, entiendo... pero, ¿quién?

—El hijo de María.

—¿María?

—¡La Araña, pues!

—A ver, a ver, a ver.

Felipe suspiró profundamente.

—No no no no nooooooo, Negrooo, por favor, noooo. No me vengas con eso ahora. Ahora no, ¡no me chingues, cabroooón!

—Es que…

—No me cabe en la cabeza que esa puta de mierda todavía te esté perturbando, ¡no mames!

—No es ella.

—¡Como si lo fuera! Ella es quien está en tu mente, ella es el verdadero pedo detrás de todo esto.

—No me entiendes.

—¡Explícame!

—Veo su carita todas las pinches noches, ¡maldiciéndome!

—¡Maldita sea! ¡No puedo creerlo! Negro, ese niño no era tuyo, ¿de acuerdo? No era tuyo.

—Es que no sé, ¡chingada madre! No estoy tan seguro.

—¡Me lleva la chingada! Tú mismo la escuchaste aquella vez, ¡con un demonio! Tú mismo la escuchaste.

—Estuve coge y coge con ella; estuve acordándome de las últimas fechas y…

—¡Negrooo! Negro. Escúchame, escúchame, por favor. Esa vieja te engañó; era una puta, pero no cualquier puta, sino de las chingonas, de las parásitas, y cogió con cuanto paria se le paró enfrente, cabrón.

El agua inundó los ojos de Antonio sin derramarse. Su voz se tornó temblorosa y tenue.

—No me deja dormir y tengo un chingo de miedo de que me llegue a explotar la cabeza, te lo juro. Son tantas cosas las que me joden la cabeza, todo el tiempo. A veces, sueño que tengo un sueño, así como te digo, en donde alguien o varios llegan para cortármela enterita, así, de tajo.

Felipe lo tomó por la camiseta y le habló firmemente.

—Mira, Negro, no puedes flaquear, y menos ahora. Ese escuincle, ese no-nacido, no era de tu semilla. Tal vez tengas otros niños regados por quién sabe dónde, ¡eso sí que es verdad! Eso sí, y tú lo sabes muy bien. Pero el hijo de esa perra no era tuyo. Estamos hablando de cabrón a cabrón. Siempre cogiste y has cogido por aquí y por allá; apenas te empedas y todo te da igual, ¡no mameeees! Cogiste con un chingo aparte de la Araña, ¿o no?

—La neta que sí. Eso todo mundo lo sabe.

—¿Entonces? ¿Y qué hay con esos otros chavales que sí tienes por ái y que han de estar rodando por el mundo?, ¿eh?

—Es que...

Felipe lo tomó de los genitales y se acercó más a él, clavándole su mirada de una manera profunda y fulminante; hablándole fuerte y pausado.

—Estás orgulloso de esta madre, ¿verdad? Y crees que sólo sirve para follar sin ton ni son, ¿no? Andar cogiendo por aquí, por allá y por acullá es de poca madre, muy chingón, ¿no es cierto?

Como no recibió respuesta, apretó lo que tenía bien asido en su mano derecha.

—¿No es cierto?

—¡Sí! ¡Sííííí!

—Entonces, cabrón, si nunca has llorado antes de parcharte a una vieja, tampoco lo hagas después, y mucho menos cuando en verdad no se lo merece. ¿Acaso has llorado por el chingo de hijos que tienes regados y por los que nunca te has preocupado en lo más mínimo, ni siquiera por conocer? ¿Has llorado por las chavas a las que les has roto la vida, el alma, lo que ellas llaman corazón? ¡Pinche puto ojete!

Se apartó de él, dejándolo respirar, aliviando su dolor, y se dirigió a la tapa, no sin antes decirle.

—Mañana iremos con un amigo, es un especialista. Él sabrá qué decirte. Se acerca algo importante y no quiero que por tus pinches complejos y culpas guarras lo vayas a echar todo a perder. Creo que él te podrá ayudar en tu pedo. Por mi parte, pues, ahora ya sabes lo que pienso.

Salió y, al fin, Antonio, doblado en el piso, pudo apretar más fuerte aún sus párpados, sus, ya de por sí, pesados párpados.

Que estás en el cielo

VILLA DORADA había quedado atrás y se había jurado nunca más volver a pronunciar su nombre, de la misma manera que hizo con la idea de alimentar día tras día el odio que sentía por sus progenitores. Había tomado unos cuantos billetes de la caja de seguridad de su casa, con la firme convicción de no regresar jamás. Pudo haber robado dinero a manos llenas de las arcas familiares, pero no lo hizo, no supo por qué, sin embargo, algo le indicaba fuertemente que las calles eran el único hogar que le ofrecería un resguardo seguro, un hogar donde sus padres nunca lo encontrarían. Pensarían que estaría en la casa de algún conocido, tal vez en la de Remigio, pero jamás pasaría por su cabeza la decisión que había tomado su vástago —«¡Se llevarán la sorpresa de sus vidas!»—. Mientras observaba los majestuosos paisajes que pasaban del otro lado de la ventanilla del camión, pensó qué haría al arribar a su destino. Sugeith ya no quedaba lejos y pronto llegaría. Sacó un morralito de la única mochila que llevaba consigo para verificar el efectivo que le sobraba.

—No puedo creerlo, ¡ya casi no tengo nada!

El primer sentimiento de temor lo tomó por sorpresa pero su cerebro minimizó la dimensión del hecho: «No hay problema. Alquilaré un cuarto de hotel barato; seguro que encuentro trabajo rápido y después me cambiaré a uno mejor. Cuando mi situación mejore, buscaré una casa o algo ya más propio. No te preocupes Felipe, saldrás adelante, no te preocupes».

Al llegar a aquella megalópolis, se dirigió a un vendedor de la estación.

—Disculpe, ¿podría decirme dónde puedo encontrar un hotel cómodo y barato?

—¿Cómodo y barato? Mmmmhhh, no lo sé, hijo. Esas cosas son muy relativas aquí. ¿Qué tan barato quieres que sea?

—Que no sobrepase los ocho mil icus por mes.

Ante la respuesta y el rostro de incógnita del señor aquel al ver su vestimenta, Felipe tuvo que inventar rápidamente una excusa.

—Lo que sucede es que mi padre llega mañana y quedamos de vernos en el hotel Magia Blanca, pero alguien me arrebató mi cartera en Tiarrero. Lo único que me dejaron fue mi mochila y lo que traía en los bolsillos, así, como usted comprenderá, no tengo otra opción más que hospedarme en un lugar más módico.

La esperanza de que aquel individuo le ofreciera techo, por lo menos para esa noche, reflejada en sus ojos enormemente ansiosos, se derrumbó al oír de manera seca y cortante.

—Calle sur 17, cuadrante Pozos.

Casi sin terminar la expresión, el individuo ya había retomado su marcha apresurada, tal como hacían los demás. Felipe se quedó parado, atontado, sin saber qué hacer con su desconcierto. Después de un rato de permanecer inmóvil se dirigió a una salida próxima. A pesar de que ya conocía muchas ciudades, por su inédita circunstancia personal, esta, Sugeith, se le mostró impresionante, monstruosa y demasiado hostil. Sus pequeños pasos hacia atrás evidenciaban la actitud del jovencillo, mostrando su sensibilidad miedosa. La sangre se le había acumulado en los talones, permitiendo que la frialdad del ambiente le atiborrara el resto del cuerpo. Algo muy poderoso, en forma de repentino remolino de viento, le había arrebatado el aliento. Tuvo que esperar y sentarse hasta que aquel extraño suceso se apaciguara. Después de secar su sudor gélido, se repuso un poco, poniéndose sobre sus pies y empezando a caminar sin rumbo fijo. Después de treinta minutos, por fin se acordó del dato del individuo de la estación, así que se detuvo a preguntar.

—Disculpe, ¿podría decirme dónde puedo encontrar la calle sur 17?

—¿No sabes qué cuadrante?

—¿Cuadrante?

—Sí.

—¡Perdón! Cuadrante, cuadrante…

—Cumbres, Palcos, Remus…

—¡Pozos! ¡Cuadrante Pozos!

—¡Uuuuy, hijo!, ese queda muy al oriente.

—¿Cómo llego?

Después de una breve explicación, Felipe tuvo que tomar la dirección contraria. Tuvieron que pasar dos horas para que el joven cayera en la cuenta de cuán desorientado estaba. Por fin llegó al citado cuadrante. Suspirando hondo, se dispuso a encontrar la calle. Afortunadamente el conductor de la guagua, el medio de transporte nacional de mediana velocidad, lo dejó a tres cuadras de aquella. El letrero que rezaba HOTEL KLINT se le presentaba sospechoso, de mal gusto, por no mencionar peligroso, pero no podía dar vuelta atrás, no después de lo que le había pasado, no después de eso.

Aquello parecía un castillo custodiado por seres suburbanos que se amontonaban a los lados de la entrada principal; Felipe no pudo desviar de sus pensamientos el hecho de que sería inevitable alguna fricción con aquellos que tenían fama de rijosos en potencia. Sin embargo, al irse acercando, apresurado y cabizbajo, con los ojos escudriñando afanosamente sus límites, lo único que sintió fue una enorme angustia, la enorme angustia que se experimenta al ser un completo desconocido en un lugar desconocido en donde, aparte, se es el invasor, el invasor de aquel circulo cuyo ambiente muy rara vez permitía una intromisión como esa. Así percibía aquella situación.

La sangre fue llenando nuevamente sus canales. El corazón ya había dejado de dar tumbos impresionantes. Recuperó, sin saber bien a bien cómo, cierto grado de aplomo. Pasado aquel retén de sensaciones, que nunca en su vida había experimentado, ya no quiso seguir cuestionando la razón por la cual aquellos sujetos no le hicieron nada en absoluto. Secándose el rostro con un pañuelo hecho por una amorosa nana que había tenido no hacía mucho, golpeó levemente un botón para avisar de su presencia, teniendo que pasar más de cinco llamados para que la dueña del Klint apareciera. Madura, vasta en carnes, y con una actitud de prisa, la mujer, de corte tostado, sin ningún rastro de cortesía, exigió instantáneamente por adelantado el pago de la noche solicitada, o las que fueran. Felipe pudo haber imaginado que aquel lugar estaría un poco mejor, pero en cuanto estuvo en el cuartucho, no pudo menos que recordar la historia que el tío Jaír le había contado sobre unos soldados enemigos que lo habían sitiado en una barricada atestada de personas y jabalíes muertos, que eran, en aquellos tiempos de la guerra incomprendida, los únicos lugares disponibles para resguardarse del fuego contrario y en donde uno podía aferrarse, así fuera por unos instantes, un poco más a la vida. Aunque allí el aroma no era exactamente esa mezcla triste y vomitiva que arrojan los humanos caídos entre pestilentes cerdos descompuestos, el ambiente que se respiraba, de alguna u otra forma, se antojaba parecido.

Al estar allí, en medio de ese impresentable y miserable cuarto, se llenó de una inmensa tristeza, que, en realidad, no era más que un miedo atroz ante la situación que estaba viviendo.

—Es tristeza.

Después de repetirse varias veces la frase, para intentar convencerse, aventó su mochila para terminar en ella, pues la noche caía y no cabía ya fuerza ninguna para seguir manteniéndose de pie. La noche lo abrazó.

La intensidad de la luz que entraba por la ventana terminó por pegarle en pleno rostro; giró en dirección opuesta para quedar fuera del alcance de los rayos, pero al sentir sus pies desnudos, se sobresaltó, se puso de pie, y la sorpresa fue aún mayor. El reloj, los zapatos, los calcetines y la mochila se habían esfumado.

—¡Noooooooo, nooooooooo!

Bajó gritando como un loco, desesperado, haciendo que algunos huéspedes de paso se asomaran a ver lo que ocurría. Por casualidad, la dueña se encontraba en la recepción.

—¡Me robaron, señora, me robaron!

—¿Y qué quieres que haga?

—¿Como que qué quiero que haga?, ¡llame a la policíaaaa! Eso es lo que quiero que haga.

Un empleado que estaba cerca le dijo.

—¡Estás pendejo, mocoso!

Al ver que su subordinado se acercaba amenazante al muchacho, la mujerzona le hizo una señal de alto y se dirigió al afectado.

—Mira, mijo, este es un hotel de paso y ya hemos tenido un chingo de problemas con el comandante. Un desmadrito más y me lo cierran.

—Ese no es asunto mío.

—Pero mío sí. ¡A quién se le ocurre traer cosas aquí!

—¿Cómo dice?

—Pensé que alguna cabrita vendría a acompañarte.

En ese momento una pareja bajaba para liquidar su cuenta. La muchacha no podía ocultar su pinta de prostituta, ni él su pinta de desarrapado, de paria. Felipe comprendió.

—Pero, es que… usted nunca me dijo…

—Porque nunca preguntaste. A kilómetros se ve que tú no eres de por acá.

—Y por lo mismo, nunca se le ocurrió…

—¡A mí no se me ocurrió ni se me ocurre nada!

La mujer encendió un cigarrillo.

—¡Esos infelices de nuevo! Pero deja que vea al puto del Perico. ¡Cabrón! Me las va a pagar.

No lo pudo controlar. Lo rebasó. Pudo más que él mismo. Felipe comenzó a llorar su desgracia, acariciando su infancia casi recién abandonada.

—¡Ay, noooo! ¡No chille, cabroncito! ¡No chille!
—A la chingada, pinche escuincle, parece puto.
—Tú a lo tuyo, pendejo, que para eso te pago ¡Ándale!
—Jajajaja ¡pinche putito! No mames, íralo cómo chilla el putitooo.
—Y tú, cabroncito, ¡deja de llorar te digo!
—Es que me quitaron todo, me robaron todo lo que tenía.
—Ya yaaa... Busco a alguien que te lleve cerca de tu casa y...
—¡Nooo! ¡Usted no entiende!
—Tus papis no sabrán que estuviste aquí, te lo juro. No te preocupes. Ya nos ha pasado que vienen chamacos como tú a echarse una cogidita y luego term...
—Es que usted no entiende. No tengo a dónde ir, no tengo a dónde llegar.
—Acaso... ¡Oh, por Dios! ¡Otrooo! ¿Te fuiste de casa?

Felipe se sentó a llorar con más candor.

—¡Esto es lo único que me faltaba a mí! Si esto parece epidemia, chingao. Tanto chamaco cagón yéndose de su casa.

La mujer se quedó reflexionando por largo rato, mientras le echaba miradas intermitentes al muchachito llorón. Se fumó un cigarrillo, para luego decir.

—Lo único que puedo hacer por ti, es dejar que te quedes... mmmm... ¡siete días! ¿Qué te parece?

Sentado en el piso de la recpeción, y con el rostro hacia el suelo, él sólo asintió con la cabeza.

—Yo soy Carmela, ¿y tú?
—F... FF... Fe...ip...e Felipe.
—Felipe, ¿qué?
—Felipe Meza.
—Bien. Sube a tu cuarto. Voy a traer unos bollos para que comas. Y ya no chilles, cabroncito, ¡mira nomás esos lagrimones!, me los vas a pegar y yo no estoy para lloriqueos ahora, ¡eh! Ya. No te preocupes. Ya verás. Todo tiene solución en este mundo, todo... menos la muerte.

Aunque se comió los bollos preparados, Felipe seguía llorando, no podía parar de pensar y de pensar en toda clase de cosas, situaciones, predicciones y fatalidades, una y otra vez, al mismo tiempo. Volvió a caer dormido casi en el mismo lugar de donde se había levantado unas horas antes para conocer de frente el infortunio y la penuria.

El dormir y el pensar le habían hecho bien. Se le revelaron muy pocas respuestas y bastantes preguntas. La que más le interesó fue aquella con la que despertó.

—«¿Por qué permitirme estar aquí por todos esos días? Por lo que me di cuenta, aquí casi todos son clientes conocidos y, aun así, casi a todos les exige más de la mitad de toda la cuenta y, a mí, que soy un completo desconocido, ¿me regala estos días?

Pensando, pensando y pensando.

—¡Diooos! Le di mi nombre. ¡Seis días!

Una sospecha se le revelaba, pero no quería especular nada hasta no hablar con la dueña. Faltaban quince minutos para las diez. La empleada, encargada del aseo en el horario nocturno, llegaba a trabajar.

—Perdón, pensé que iba a estar desocupado, como no vi luz.
—No no no, por favor, adelante.
—Pero…
—No hay problema, no estoy esperando a nadie ni estoy con nadie. Bajaré un rato mientras terminas.
—Está bien.
—Cuando se dirigía a la puerta, giró hacia la muchacha con cara de que se le había olvidado algo.
—¡Aaay! Este… Se me olvidó preguntarte algo.
—Sí, dígame.
—Lo que sucede es que voy a quedarme otras tres noches y quedé de liquidar mi cuenta hoy con la dueña, pero me dijo que cerraríamos la operación en su habitación.

La voz de Felipe no pudo tener un toque más sugerente, llena de velada insinuación.

—¡Canija gorda!

Felipe intentaba no ponerse más nervioso.

—Pero, la cosa es que no me acuerdo del número que me dijo, su número de habitación, pues.
—Es el último del pasillo de allá, el de enfrente.
—¡Gracias!

—No hay de qué.

Cerró la puerta y bajó mientras la muchacha hacia sus comentarios.

—¡Canija gorda! No se conforma con el Rutilio, ahora quiere echarse a este rotito, ja ja ja ja, ¡ay, qué carambas!

Terminada su labor, la muchacha salió. Felipe subió y no prendió la bombilla, mantuvo la puerta entreabierta. Se puso a vigilar, esperando a que la dueña subiera. Pensó que no tardaría en subir, mas tuvieron que pasar dos horas. Apareció de la mano de su empleado, aquel que lo había insultado en la recepción mientras lloraba, quien la fue manoseando hasta que llegaron a la habitación. Teniendo sumo cuidado en que nadie lo viera, salió sigilosamente y fue a donde ellos se encontraban. Efectivamente, la habitación quedaba hasta el fondo de un largo pasillo en total oscuridad. Había sido buena la idea de seguirlos casi inmediatamente después de que subieron, pues, en cuestión de segundos apagaron la luz, esa que le había permitido, poco antes, medir la distancia hacia la puerta, de lo contrario, pudo haber chocado con ella, delatándose sin remedio y echándolo todo a perder. Despejó su mente y puso atención en lo que ocurría del otro lado. Palabras grotescas y muy sexuales salían entre gemidos, golpes y constantes arrumacos, haciendo evidente que aquellos dos estaban entregándose sexualmente con una desesperación tan increíble, que parecía que el fin del mundo se dejaba venir. La atmósfera que se creó fue tal, que, Felipe, recreando escenas en su mente y captando el más mínimo olor que salía de aquel cuarto, a pesar de él mismo, no tuvo más que entregarse al placer de apagar la exigencia de su ya para entonces erguido falo. Enmudeció un montón de gemidos durante todo el proceso. Sus jaloneos, en ocasiones, se tornaban violentos. Hizo varias pausas, como prolongando el placer en esa oscuridad experimentado. La pared recibió aquella vía láctea que, estrepitosa y abundantemente, se estrellaba en sus confines, a grandes borbotones. Asustado, y aún excitado, Felipe, como pudo, se tranquilizó y siguió esperando eternidades. Se hizo un enorme silencio. Se desesperó y dio por hecho que se habían dormido. Harto, se disponía a retirarse cuando de repente escuchó.

—¿Y tons qué vas a hacer con el rotito?

—¡Pendejo! Pensé que ya habías capeado el pedo.

—La neta, nel.

—¿No te das cuenta? Voy a hacer un colchonazo con este cabroncito.

—¿Y qué? ¿Sí está al tiro o qué?

—¡A güevooo! No te preocupes, güey, yo sé mi bronca, y ora ya, déjame dormir, hazte pallá . ¡Ya estaba agarrando la mona bien suave y tú!

—¡Pinche gorda! ¡Eres toda una cabrona!

El camino a su habitación se le hizo muy largo y cuando al fin la alcanzó, dejó salir su contenido aire, seguido de unos grandes suspiros. Se metió a la cama y, entre un enorme coraje y enojo consigo mismo, se limpió bruscamente los restos húmedos que yacían en su entrepierna. Comenzó a darle y darle vueltas a la conversación aquella.

—Colchonazo, ¿qué será eso?

Se durmió angustiado. Al día siguiente, el hambre lo carcomía. La dueña le consiguió otros bollos preparados. Felipe subió para saciar el hambre en su cuarto, pero estaba otra muchacha haciendo la limpieza.

—¡Buenos días!

—¡Buenos!

—¿Tú también haces el aseo?

—A veces me dan chance de hacerlo en las mañanas; y tú, ¿qué? ¿A poco tan temprano?

Felipe se acordó del ambiente en el que estaba.

—¡Aahh! Esteee… Sí, es que al rato va a venir… ¡eh! ¡Una vieja!

—¡Ah, qué mi chaval!

—Pues sí, ya ves.

—Bueno, ya mero termino, ¡eh!

—¿Puedo comerme esto en la cama?

—Sí sí, al fin que nomás me falta trapear.

Mientras la muchacha comenzaba a restregar el piso, él retomó su duda.

—Oye, ¿te puedo preguntar algo?

—Sí.

—¿Qué es el colchonazo… o un colchonazo?

—¿Colchonazo?

—Sí, colchonazo.

—Un colchonazo es, mmmmm, a ver, ora verás… mmmm… cómo te explico… como si yo te diera una cosa y tú otra… o sea, por lo que yo te dé, tú tienes que aflojar otra cosa que yo quiera.

—¡Un truequeee!

—¿Un qué?

—Nada nada, olvídalo, ¡gracias!

—¡Tas bien gruexo, hijo!

De pronto, había comprendido todo.

—Esta gorda inmunda quiere regresarme a casa. Le di mi nombre, seguramente está a punto de dar con ellos, si no es que ya lo hizo, es de lo más fácil, cualquier idiota tiene tabletas digitales. Y mi ropa, ¡oohh, por Dios! Todo me delata. ¡Clarooo! Por eso quiere que me quede aquí. Faltan cuatro días; tengo que hacer algo.

Pensó por largo rato.

—¡Lo tengo!

Bajó a la recepción después de desayunar, dirigiéndose con la dueña.

—Carmela, necesito que me des trabajo.

—¿Trabajo? ¿Para qué?

—¿Cómo que para qué? Necesito ganarme la vida. ¡Mírame! No tengo ni zapatos. Tu hotel es grande, por favor.

—Mmm, mijo. Es que no hay chamba ahorita, estamos completos.

Felipe se dirigió a la calle, tomando por sorpresa a la mujerzona.

—Espera, esperaaaaa…. ¿a dónde vaaaas?

—¿No lo ves?

Su pesadísima humanidad se puso en acción para alcanzarlo rápidamente. Se le puso enfrente hablando con voz agitada y tratando de tomar aire.

—Pero, aaaghhh, espera, esperaaa, ¿qué vas a hacer en la calle?

—No sé. Pedir limosna si es preciso.

—¡Ay, no mames, cabrón!, no sabes ni lo que dices; y luego así, a pata de perro.

—Por eso mismo. No tengo ni para zapatos.

—Mira, mira, a ver, a ver, no hay pedo. Ahorita mismo mando a traerte unos zapatos. Voy a buscar en qué te puedo ocupar en el hotel, a más tardar, pasado mañana, ¿de acuerdo, cabroncito?

—Pero si yo ahora mismo podría sacar algo de dinero, en la calle.

—Je je, no sabes lo que dices, pendejito, fíjate...

Mientras ella seguía hablando, ya lo tenía bien asido del brazo, caminando de regreso.

—...y no sobrevivirías ni en una pinche hora, créeme. Te prometo eso de la chamba. Lo que pasa es que tengo que consultarlo con mi socio. Tú piensas que yo soy la única dueña y nonononó. Mira, si no quiero que salgas es porque esos cabrones rejijos de la chingada ya me dijeron que si te ven solapa te van a dar una reverenda madriza.

Le tomó el rostro con sus dos regordetas manos, suavemente, e hizo que la mirara.

—¿Ahora entiendes por qué no quiero que salgas?

—Pero...

rmido bajo el velo de un sueño intenso, Felipe se mante-
:urrucado y pegado al asiento, que parecía tragárselo, de lo
do que estaba. Diez horas fueron suficientes para satisfa-
No lo podía creer, faltaban sólo dos horas para llegar a su
10. Se acomodó para observar mejor fuera de la ventanilla.

Que bueno que nadie tomó el asiento de junto. Pude dor-
ico semiacostado.

:a con la que había partido a Sugeith seguía incólumne,
no había logrado, a pesar de lo vivido, cambiarla por
nejor. Cuando comenzaba a apreciar el paisaje blanco y
>, este se fue tornando demasiado gris en la medida en
asfalto se iba adueñando, cada vez más, de todo el es-
. El peculiar aspecto de tundra se extinguió, no así el pe-
nte frío. En un país tan singular como Espoir d'Amour,
na extensión bárbara en territorio y la gracia de la na-
:za, que lo dotó de todos los ecosistemas conocidos, era
:sible sentirse bastante ajeno, extranjero, al pisar un lu-
:uevo de su territorio. Era como llegar a otras tierras, a
:aís totalmente diferente.

a más o menos lo había sentido, pero en el mundo del
> no experimentas esto con la emoción que yo estoy sin-
> ahora, y es que el dinero no te permite ni te da tiempo
:so.

:ras recorría la zona de hoteles altísimos, iba cayendo en
:scinación grandiosa. Su situación expectante, su sole-
1 saber que sus decisiones tenían que ser tomadas con
ayor cautela, pues a partir de que salió de su mansión,
1a, estas sólo le afectarían a él. Y eso, el saberse dueño

—Pero nada. No te preocupes, primor, ya que estés bien
adaptado a la chinga, mira, te juro, por esta…

Ya saben, la señal de la cruz en sus labios exageradamente
carnosos.

—… que yo misma te acompaño a donde quieras. Esto lo
digo porque mucha gente me conoce y me respeta.

—¿A poco?

—¡Claro, cabroncito! Una vez que te conozcan, también te
respetarán, y así ya podrás andar solo por esas calles de Dios,
pero mientras, prométeme que no saldrás del hotel. Es por tu
bien, mi rey.

—Sí. ¿Sabes? Creo que tienes razón.

—¡Eeeeso es todo, cabroncito! Adentro del hotel puedes hacer lo que quieras. ¿Qué quieres? Mira, al ratito te mando tus
zapatos, ¿qué número eres?

—Del siete.

—Bien. Del siete serán.

—Pero que sean tenis, son más cómodos.

—Bien bien, serán tenis. ¿No quieres una cabrita para que
no estés tan solito?

—No no, prefiero esperar a que yo mismo pueda pagarme
una; que yo pueda pagar todo, porque, eso sí, yo te voy a pagar todo.

—Sí sí, no hay pedo. Me gusta que la gente se haga responsable. Eso me gusta.

—Bueno, te agarro estas revistas. Voy a leerlas a mi cuarto.

—Ve, ándale.

Felipe se dio cuenta, así, sin querer. Le había dado sentido a
cada detalle, a cada palabra.

También por eso mandó a limpiar el cuarto dos veces por día. Ya no apesta tanto como los demás. Apuesto a que, en realidad, nunca lo asea.

Después de que le dejaron sus tenis y de comprobar que le quedaban bien, se sentó en la cama a meditar lo que habría de hacer. No pudo evitar reflexionar sobre algo que le dijera tiempo atrás su tío Jaír: «Cuando estés en peligro y haya tiempo de por medio, ¡planea! Es lo mejor. ¡Siempre planea! Planea cada paso, cada actitud. Visualiza lo que quieres y hazlo».

—Podría largarme ahora mismo, pero no llegaría muy lejos… y eso es precisamente lo que necesito, irme lejos, muy lejos de Sugeith. Pero para eso necesito dinero.

Después de analizar y escudriñar posibilidades.

—¡Lo tengo!

La tarde estaba llegando a su fin, Felipe entreabrió la puerta. La dueña no tardaría en subir a darse su baño y cambiarse de ropa. Subió y se perdió en el camino a su habitación. Felipe esperó diez minutos y bajó con una actitud despreocupada. Se paró frente al estante de revistas y, sin mirar a Rutilio, le dijo.

—Dice doña Carmela que subas, que tiene que decirte algo importante, que se le olvidó comentártelo ayer.
—Está bien, ái te encargo. Mucho cuidado con la clientela, ¡eh!
—No hay problema.

Al perderlo de vista, sin pensarlo dos veces, tomó el dinero que había detrás de un cuadro colgado, en la recepción, lo metió a

sus bolsillos del pantalón, y salió corriendo si
la actitud que habían tomado los facinerosos c
con todas sus fuerzas, hasta agotarlas por c
por las avenidas más transitadas, entre edific
tando las calles grises y los callejones oscur
daban. Se detuvo hasta llegar a un gran car
lo había desintegrado. Su respiración parecí
miento. Tomó unos minutos de descanso. U
lo suficiente, y volteando en todas las direc
pidamente el dinero, tomó sólo un billete y
sitó en los calzoncillos, exactamente debajo
Tomó un taxi.

—A la estación central, ¡rápido!

Eso ya lo había visto. Repasó lo sucedido,
adentros que la experiencia vivida había si
bía experimentado en su vida, sin imagin
taba escrito en lo que era, según creía él, su
Todos los destinos se habían pospuesto l
mañana del día siguiente.

—¡No, no, no, noooooo!

No podía ni deseaba permanecer allí un s
noche más. El asecho que sentía sobre sí er
para aventurarse a esperar más tiempo e
ciudad. La voz anunciadora que inundó la e
venir de sus más profundos anhelos. Así
dose paso a empujones, y pagó, tomando
libres en la única guagua disponible, mis
una ciudad cuyo nombre le atrajo enormi

—Pero nada. No te preocupes, primor, ya que estés bien adaptado a la chinga, mira, te juro, por esta…

Ya saben, la señal de la cruz en sus labios exageradamente carnosos.

—… que yo misma te acompaño a donde quieras. Esto lo digo porque mucha gente me conoce y me respeta.

—¿A poco?

—¡Claro, cabroncito! Una vez que te conozcan, también te respetarán, y así ya podrás andar solo por esas calles de Dios, pero mientras, prométeme que no saldrás del hotel. Es por tu bien, mi rey.

—Sí. ¿Sabes? Creo que tienes razón.

—¡Eeeeso es todo, cabroncito! Adentro del hotel puedes hacer lo que quieras. ¿Qué quieres? Mira, al ratito te mando tus zapatos, ¿qué número eres?

—Del siete.

—Bien. Del siete serán.

—Pero que sean tenis, son más cómodos.

—Bien bien, serán tenis. ¿No quieres una cabrita para que no estés tan solito?

—No no, prefiero esperar a que yo mismo pueda pagarme una; que yo pueda pagar todo, porque, eso sí, yo te voy a pagar todo.

—Sí sí, no hay pedo. Me gusta que la gente se haga responsable. Eso me gusta.

—Bueno, te agarro estas revistas. Voy a leerlas a mi cuarto.

—Ve, ándale.

Felipe se dio cuenta, así, sin querer. Le había dado sentido a cada detalle, a cada palabra.

También por eso mandó a limpiar el cuarto dos veces por día. Ya no apesta tanto como los demás. Apuesto a que, en realidad, nunca lo asea.

Después de que le dejaron sus tenis y de comprobar que le quedaban bien, se sentó en la cama a meditar lo que habría de hacer. No pudo evitar reflexionar sobre algo que le dijera tiempo atrás su tío Jaír: «Cuando estés en peligro y haya tiempo de por medio, ¡planea! Es lo mejor. ¡Siempre planea! Planea cada paso, cada actitud. Visualiza lo que quieres y hazlo».

—Podría largarme ahora mismo, pero no llegaría muy lejos… y eso es precisamente lo que necesito, irme lejos, muy lejos de Sugeith. Pero para eso necesito dinero.

Después de analizar y escudriñar posibilidades.

—¡Lo tengo!

La tarde estaba llegando a su fin, Felipe entreabrió la puerta. La dueña no tardaría en subir a darse su baño y cambiarse de ropa. Subió y se perdió en el camino a su habitación. Felipe esperó diez minutos y bajó con una actitud despreocupada. Se paró frente al estante de revistas y, sin mirar a Rutilio, le dijo.

—Dice doña Carmela que subas, que tiene que decirte algo importante, que se le olvidó comentártelo ayer.
—Está bien, ái te encargo. Mucho cuidado con la clientela, ¡eh!
—No hay problema.

Al perderlo de vista, sin pensarlo dos veces, tomó el dinero que había detrás de un cuadro colgado, en la recepción, lo metió a sus bolsillos del pantalón, y salió corriendo sin detenerse a ver la actitud que habían tomado los facinerosos de afuera. Corrió con todas sus fuerzas, hasta agotarlas por completo. Lo hizo por las avenidas más transitadas, entre edificios enormes, evitando las calles grises y los callejones oscuros que las circundaban. Se detuvo hasta llegar a un gran canal. El cansancio lo había desintegrado. Su respiración parecía la de un ahogamiento. Tomó unos minutos de descanso. Una vez repuesto lo suficiente, y volteando en todas las direcciones, contó rápidamente el dinero, tomó sólo un billete y el resto lo depositó en los calzoncillos, exactamente debajo de sus testículos. Tomó un taxi.

—A la estación central, ¡rápido!

Eso ya lo había visto. Repasó lo sucedido, afirmando en sus adentros que la experiencia vivida había sido la peor que había experimentado en su vida, sin imaginar que no todo estaba escrito en lo que era, según creía él, su destino.

Todos los destinos se habían pospuesto hasta las siete de la mañana del día siguiente.

—¡No, no, no, noooooo!

No podía ni deseaba permanecer allí un solo día, ni una sola noche más. El asecho que sentía sobre sí era demasiado como para aventurarse a esperar más tiempo en aquella horrenda ciudad. La voz anunciadora que inundó la estación parecía provenir de sus más profundos anhelos. Así que, corrió, abriéndose paso a empujones, y pagó, tomando uno de los asientos libres en la única guagua disponible, misma que se dirigía a una ciudad cuyo nombre le atrajo enormidades: Encarnación.

Dormido bajo el velo de un sueño intenso, Felipe se mantenía acurrucado y pegado al asiento, que parecía tragárselo, de lo mullido que estaba. Diez horas fueron suficientes para satisfacerlo. No lo podía creer, faltaban sólo dos horas para llegar a su destino. Se acomodó para observar mejor fuera de la ventanilla.

—Que bueno que nadie tomó el asiento de junto. Pude dormir rico semiacostado.

La idea con la que había partido a Sugeith seguía incólumne, pues no había logrado, a pesar de lo vivido, cambiarla por otra mejor. Cuando comenzaba a apreciar el paisaje blanco y gélido, este se fue tornando demasiado gris en la medida en que el asfalto se iba adueñando, cada vez más, de todo el espacio. El peculiar aspecto de tundra se extinguió, no así el penetrante frío. En un país tan singular como Espoir d'Amour, con una extensión bárbara en territorio y la gracia de la naturaleza, que lo dotó de todos los ecosistemas conocidos, era imposible sentirse bastante ajeno, extranjero, al pisar un lugar nuevo de su territorio. Era como llegar a otras tierras, a otro país totalmente diferente.

—Ya más o menos lo había sentido, pero en el mundo del dinero no experimentas esto con la emoción que yo estoy sintiendo ahora, y es que el dinero no te permite ni te da tiempo para eso.

Mientras recorría la zona de hoteles altísimos, iba cayendo en una fascinación grandiosa. Su situación expectante, su soledad, el saber que sus decisiones tenían que ser tomadas con una mayor cautela, pues a partir de que salió de su mansión, lo sabía, estas sólo le afectarían a él. Y eso, el saberse dueño de su propia existencia, lo puso en un éxtasis citadino ante todo lo que observaba. Fue preguntando por hoteles que estuvieran a su alcance, pero al llegar a cada uno de ellos veía que el quedarse era una posibilidad remota. Sin darse cuenta, poco a poco fue acercándose a la periferia. Una de las muchas cosas que ignoraba es que cada ciudad, y más si son grandes, tienen un cinturón alrededor, un cinturón repleto de miseria, podredumbre, asco y muerte, cotidianos, que se convierten en lema único en ese territorio, transformándose, para quien no lo conoce, en la forma más grotesca y atascada de la vida humana contemporánea, industrial y progresista. Fue así como un alucinante mundo se le terminó y se le presentó otro, así, sin más, de repente. Se sobresaltó y detuvo su andar. Recordó cómo a dos colinas de su antiguo hogar se encontraba una comunidad de pordioseros que sobrevivían en sus casas de plástico, de los cuales había visto a algunos levantando basura y mendrugos de pan amargo en plena Villa Dorada.

—¿Por qué?

Ya sabía que no podía gastar en un hotel céntrico de la ciudad. Tenía que hacerlo en algunos de los que encontrara en la periferia, así que tuvo que fingirse un poco de valor.

—Yo sabía que esto iba a pasar. No puedo pagar algo caro. Debo…. debo aventarme, lanzarme. No es posible que esté volteando a cada momento hacia atrás, al pasado. No pienso volver, no voy a volver, no voy a regresar a ese mundo de mierda. Esto es lo que yo quería. ¡Voy a meterme a esas calles!

El cielo se fue tornando gris, un gris intenso y profundo, como las baldosas y los ladrillos que permanecían sin pintar en la mayoría de las casas, establecimientos y pequeños edificios que atiborraban ese cuadrante, por cierto, el más grande de la periferia citadina y que, precisamente, esa tarde, le hacía honor a su nombre: Del Gris. No existiendo cuadro más perfecto entre nombre y circunstancia, Felipe se acordaría de esta imagen y de esta relación en un momento muy desgraciado de su vida, un instante en donde hubiera preferido, sin lugar a dudas, no haber pisado jamás Del Gris.

℃

En esta vida y en este cuadrante, nada es de nadie, fue precisamente lo que pensaron tres sujetos que, sin meditarlo siquiera, tan sólo al verlo, lo atacaron ferozmente y, sin mediar palabra, lo despojaron de todo su dinero, como si hubieran olfateado a kilómetros cada uno de los billetes con antelación y como si supieran que el escroto era el monedero perfecto de aquel infeliz, pulverizando su humanidad al instante, como una forma de advertencia, con una descarga eléctrica considerable sobre el «monedero». Como si la carga eléctrica se hubiera dividido en varias, Felipe se revolcaba de dolor pausada y desgarradoramente. Su cuerpo se zangoloteaba de manera intermitente y prolongada, en intervalos de tiempo casi similares a los lamentos que su padre, en esos momentos, y muy lejos de él, fingía experimentar por la «desesperación e impotencia» de no poder encontrar a su querido y amado hijo. Las personas que habían visto la escena, se alejaron, los comerciantes, cerraron sus negocios de manera apresurada, y los que pasaban, permanecían indiferentes a la persona tumbada, misma que, a su vez, provocaba, con sus movimientos, hasta cierto temor entre algunos. Ante ellos, el caído reprimía su llanto, cerraba los ojos y trataba de no respirar de manera ruidosa. No se levantó, el miedo lo había paralizado, experimentó un desmayo, y así pasó la noche hasta que despuntaba la luz del amanecer. Fue todo un logro tratar de incorporarse ya que los dolores apenas lo dejaron moverse. Su físico maltrecho y golpeado le hizo imaginar todo su aspecto, así que en un impulso, tomando un pedazo de vidrio que había por ahí, se rasgó la ropa.

—Será mejor así. Creen que soy rico y no lo soy... ¡ya no lo soy!

Llegó a un establecimiento donde lavaban automóviles. Apenas llegaba el primer empleado cuando se acercó para pedirle que lo dejara lavarse su rostro lleno de costras de sangre seca. Temeroso al principio, comprensivo después, aquel lo dejó asearse y hasta que lavara su playera, que era la que más manchada de sangre estaba. Después de ponérsela a medio secar y ante la negativa de un empleo en el lugar, Felipe se despidió agradeciendo el favor. Comenzó un peregrinar no sólo por Del Gris; visitó en su deambular otros cuadrantes que le hacían ver su suerte a cada minuto. Pasaron cuatro días de angustia, correteos y desesperación, cuando, irremediablemente, un dolor espantoso, uno de esos de estómago que ya había experimentado, pero no con esa intensidad, le ordenó saciar de inmediato, ya, aquel hambre que lo había puesto demasiado estrecho. Estaba cerca del mercado de las flores, a donde por fin dio, deteniéndose frente a un puesto de frutas. El comerciante estaba atendiendo a su clientela, Felipe tomó una bolsa llena de mangos y se echó a correr. Los comerciantes, que eran muy unidos, respondieron a chiflidos y los gritos del compañero agraviado, dándose varios de ellos a la tarea de agarrar al infeliz aquel. Para suerte de este, un panadero, con un charola de pan en la cabeza, pasó frente a él, ofreciéndole unas enormes piezas de trigo horneado, que Felipe no dudo en arrebatarle sin detener su loca carrera, tumbándolo a su loco paso. Salió del mercado y sólo supo que lo perseguían por los gritos de algunos muchachos, de los miles que en las esquinas se reunían por toda la periferia.

—Corre, perro, correeeee.
—Hay un pinche puerco detrás de tiiiiiii, jajaja.
—Eso es, dale más recio, eso eeeees. Chidoooo.

Se detuvo hasta que tuvo la plena seguridad de que nadie lo perseguía. Aquella sería una tarde sagrada, aquella en la que apreciaría el alimento como nunca en su vida lo había hecho. No hubo en ese instante sensación más noble, siendo esa misma sensación la que le haría cambiar de actitud.

—Estoy en un ambiente hostil, así que tendré que ser así, hostil también, para poder sobrevivir.

Después de apaciguar desesperada y enormemente su hambre, guardó la bolsa en el pantalón y caminó sin rumbo. La noche caía. Llegó a una zona de Del Gris que le pareció bastante tranquila, callada. Tenía mucho menos iluminación que los lugares que ya conocía y, por lo mismo, se puso de inmediato en alerta. El cielo estaba muy despejado y negrísimo, dejando ver las enormes chispas que representaban, para él, las estrellas. Felipe salió de aquel callejón que desembocaba en una avenida. Ya no tenía duda de que aquella era una zona industrial. Las casas habitación estaban mucho más al Este, y en el Oeste, a lo lejos, se lograba ver la activa vida nocturna del cuadrante y sus altas torres iluminadas.

Tomó el lado derecho de la avenida y caminó sintiéndose un poquito más relajado. La avenida tenía cuatro carriles y pasaban autos muy esporádicamente. El cielo abierto desapareció en un santiamén, dejándose venir un aguacero torrencial con unos rayos estruendosos, de esos que hacen estallar los nervios de los habitantes de la ciudad y su periferia. Felipe se detuvo. Pensó que aquello era una señal. La idea de regresar a su «hogar» asaltó nuevamente su pensamiento, pues aquello, además de peligroso y cambiante como el clima, no iba ser vida.

—Ya, déjate de idioteces. Regresa, regresa ya. No vas a poder hacer esto nunca en tu miserable y patética vida de junior, porque en el fondo eso eres, un pinche junior de mierda. Lo tuyo lo tuyo es seguir los pasos de papito, y ya. No hay más. ¡Patético de mierda!

Parecía decirle una voz interna, burlona, sarcástica. Sin embargo, en un alarde de coraje, totalmente empapado, y cual si hubiera vuelto a recibir descargas eléctricas en el cuerpo, retomó su decisión con valentía y se sintió un poco mejor. Ya no estaba tenso, ni alerta. Alzándolo, puso su rostro de nuevo frente al cielo y se sintió maravillado, su paso era tranquilo. Absorto en sus sensaciones, bajó la mirada y decidió pasarse a la otra acera, volviéndola a alzar después; un auto se acercaba, incrementando la velocidad; Felipe reaccionó casi al instante y pegó una carrera, manteniendo en todo momento su mirada en el auto; dio unos pasos más y ya no encontró suelo firme, yéndose de bruces, sintiendo cómo caía aparatosamente sobre alguien, después de unos buenos golpes y raspones metálicos. Una vez que lo quitaron de encima de su camarada, furibundos, tres adolescentes y un niño pequeño lo observaban extrañadísimos. El que estaba desnudo, rabioso, comenzó a acercásele con la evidente intención de hacerle daño. Momento exacto en el que el más pequeñito comenzó a gritar.

—¡Es éeeel! ¡Es éeeeel, Negro, el de mi sueño! ¡Es éeeeel!

El Perdón de las Ofensas

Eran las cuatro de la tarde cuando regresaron del consultorio. El médico había aclarado gran parte de las confusas teorías en la mente de Antonio, quien ya no se sentía igual después de aquella sesión. Lucía mejor y más tranquilo.

—Voy a darme un baño.
—Bien, después de ti voy yo. ¡Vengo empapado en sudor!

Una vez desnudo, Antonio esperó un poco para disfrutar de aquella brisa que rozaba su cuerpo y que refrescaba aún más en sus axilas, en su pecho y entre sus piernas. Eso, además de brindarle cierto placer, le daba oportunidad de enfriarse para luego poder recibir de lleno el agua fría. Mientras bajaba por la escalerilla lateral, empezó a recordar cómo Felipe había mandado a arreglarla, por una idea que tuvo para que esa parte, que a partir de ese punto, y hacia el horizonte, parecía el andén solitario de un tren acuático y subterráneo de aguas muy poco cristalinas, se utilizara como baño; cómo había extorsionado al personal de Servicios al Subsuelo para que pusieran tubería en ese sitio, sin que los trabajadores entraran nunca a la cloaca, y, así, pudieran tener agua potable para poder bañarse y para beber; cómo habían limpiado la cloaca y cómo la habían arreglado, transformado, en su totalidad. Mientras se aseaba, seguía recordando todos los cambios buenos que habían experimentado años atrás. Los taburetes, las cortinas, la estufita, la luz, todo. Para todo se había trabajado arduamente en ese pútrido lugar que, al final, se había convertido en una verdadera casa subterránea, habitable. La limpiaban cada que podían y tenía espacios bien distrubuidos. Las ganas de un hogar, el dinero, la corrupción y el tezón del grupo que ahí vivía habían dado sus frutos. Tal vez fue tanta su alegría al habérsele revelado así, así, tan de repente, todo aquello, ¡tan «perfecto»!, que, con el tiempo, hasta se le había olvidado que una cloaca así existía, que una cloaca así pudiera existir. En verdad se le llegó a olvidar. Y fue tanto lo que echó al olvido al respecto que, tal vez, precisamente por eso, fue que sobrevino el caos posterior. El caos que hizo que todo se saliera de control. Que todo lo bueno de la cloaca se fuera a la mierda. Recuerdos. Malos, pestilentes y tristes recuerdos.

Estando ahí, de pie y mojado, frente al canal del desagüe que corría más rápido y fuerte a esa hora, Antonio inhaló profundamente ese hálito de caño que diariamente invadía la cloaca y que se había convertido, para los que vivían en aquella alcantarilla, en su oxígeno común, su aire vital. Expulsó el aire, secó su cuerpo y salió de allí; estaba tan relajado que optó por tomar una siesta. Al abrir los ojos, pudo entrever que Felipe estaba del otro lado ya aseado y cambiado, leyendo un libro mientras fumaba un cigarro.

—Ya te desperté. Seguro fue el humo, pero es que no aguanté las ganas, ¿quieres que lo apague?

—No no, mejor dame uno.

Después de encenderlo, Antonio escuchó algo.

—¿Quién está allá abajo?
—Es el Lurias, se está bañando.
—¡Ah! Oye Felipo, cuando veníamos de regreso me dijiste en el taxi que tenías algo que decirnos.
—Así es, pero ya sabes que tienen que estar todos.

Estaban moviendo la tapa de la coladera, por la entrada circular aparecían Pedro y Ramón.

—Ya llegamos. ¡Aaaaahhhhhh, nicotina! Saquen, ¿no?
—Allí están los tabacos.

Se sentaron a descansar mientras disfrutaban de sus cigarrillos y contaban las cosas que les habían sucedido en el transcurso del día. Sergio hizo su aparición secándose sus rojos cabellos mientras dejaba ver su torso desnudo que, al igual que el resto de su cuerpo, explotaba en miles de diminutas pecas, cual constelación rojicafé, insinuando una compleja obra pictórica abierta a muchas e infinitas interpretaciones. Una de ellas la tenía Felipe, quien siempre que observaba a Sergio recién salido de la ducha, así, desnudo y aún mojado, irremediablemente se imaginaba que las gotas que expulsaba el ritmo violento de su cabellera se le incrustaban en el cuerpo, llevando su buena carga de fuego, tatuándolo al rojo vivo una y mil veces en diminutos incendios, cuya ardiente huella ni Sergio mismo lograba percibir. Si acaso los intuía, por las formas que el humo de su cuerpo recién bañado formaba y seguía formando, aún después de haber retirado todo resto de humedad.

—¿Y ora? ¿Por qué no me avisaron de la fiesta?

—¿Cuál fiesta, güey?

Felipe se paró, le pasó un brazo por los hombros.

—Prepárate más bebidas para todos, ¿no? Allí están las botellas. Y ya vístete, que vamos a hablar.

—Lo sabía, lo sabía, cabrón. ¡Nunca cambias, me cae!

Felipe hurgaba en un portafolio, hasta que se decidió por un papel. Todos se pusieron cómodos y atentos. Su vaso estaba junto a su silloncito, lo tomó, encendió un cigarro nuevo y comenzó a hablar.

—Estoy aquí de nuevo, frente a ustedes. Todo está otra vez en orden. De nuevo más cómodos; en fin, en fin... ahora que estamos más serenos, más tranquilos, quiero contarles lo que ocurrió mientras estuve fuera, algo que será clave para nuestro futuro.

Cuando regresé a ese mundo al que pertenecí por nacimiento y al que renuncié por convicción propia, sólo llevaba en mi mente una cosa: terminar los estudios. En un principio pensé que iba a ser fácil, que sólo iba a ser cuestión de tiempo, pero una vez allá, ¡estuvo de la verga! No tanto por el estudio, no, sino por el ambiente, el roce de allá. Cuando no estaba solapa, tenía que fingir todo el tiempo, ante mi madre, ante su esposo, ante su hija, ante sus amistades, ante los hijos y amigos de estos. ¡Basura! Detesto ese mundo donde lo banal se vuelve lo más importante, y tan se vuelve lo más importante, que lo retoman y lo convierten en el eje de sus vidas. ¡Maldita sea! Cómo odio a mi padre, a mi madre, a todos.

—Me lo imagino.

—¡Ta cabrón!

—A casi dos años de esa prueba, llegué a pensar en mandar todo a la chingada, de verdad, pero se me venía a la mente el tío, ustedes...

Felipe hizo una breve pausa.

—Que el dinero de su herencia estuviera conmigo había sido deseo tanto de él como de la tía Blanca, así que no cedí en mi empeño y me dediqué al estudio con más ahínco. No entablé relación alguna con nadie en el colegio, ya era suficiente vida social la que hacía con las amistades de la familia y los círculos adinerados y mamones de mi madre. Una vez, me acuerdo que fue un sábado, la imagen de mi padre no se me quitaba de encima. No le había hablado para nada desde que había llegado. Si ya estaba metido de nuevo en ese mundo de mierda, no me costaba nada irlo a visitar. Cuando me vio, ya saben, ¡mijito por aquí!, ¡mijito por acá!, ¡mijito por allá! Questo, que lotro, que la verga. En fin. Como él y mi madre habían llegado a un buen acuerdo en su divorcio, pues no hubo problema para que lo visitara con relativa frecuencia. En una de sus empresas tiene un sistema muy sofisticado de redes computacionales y el quipo más avanzado y renovado que se pueda encontrar en el mercado. Me dejó hacer mis mejores proyectos allí, además de jugar y experimentar con las compus, claro. Por supuesto que el señor también me introdujo a su propio círculo de sus amistades. Y fue ahí donde, precisamente, me surgió la idea, esa idea que nos pondrá en la cima de la escalera, la que nos hará recorrer esa mitad del camino restante. ¡Mi sueño! Gente muy poderosa, influyente, capaz de abrirse de nalgas con tal de que les metas un coto de poder, sin importar el tamaño, mientras sea de poder. A ese tipo de gente conocí en los círculos de mis padres. En el ambiente de mi papá seleccioné a cinco cabrones. Tres senadores, un embajador y un gobernador. En una borrachera, de esas pedas que llevan por nombre protocolario «Reunión Gerencial» de no sé que pedo, hice que escupieran de su propia boca el número de su cuenta unitaria.

—Noooooo.

—¡No es ciertooo!

—¡No mameees!

—Sí. Uno por uno me la fue diciendo.

—¡Este güey es un verdadero cabrón!

—Sólo que al ir descifrando sus claves, me di cuenta de que la última no tenía código computarizado. Un número sin el cual es imposible acceder al fondo común que estos güeyes tenían. Eso quería decir que, seguramente, tenían tarjetas codificadas de uso personal para cajas de seguridad. Mismas que están sólo en dos lugares: los bancos y las mansiones. Conozco muy bien a esas mafias. Quería destrozar mi computadora del pinche coraje que acababa de pasar, pues se había ido la oportunidad de habernos llenado de millones icus en ese mismo instante como no tienen ni puta idea. ¡Aaaahh! Pero la vida no se negaría a darnos otra oportunidad. Una semana después, mi padre hizo otra reunión y me invitó. Se me hizo algo raro, ya que sería un martes, me acuerdo bien, y me enteré que era en honor a un anciano que había sido miembro del gabinete en no sé qué año. Pensé que iba a ser otra reunión aburrida y pendeja, pero de repente observé que algunas personas comenzaron a irse antes de la obligada comida oficial. Ver allí esos rostros malhumorados, incómodos y con signos de abierta descortesía me llamó luego luego la atención. Me dije: «achingá chingá! ¡qué pedo! Algo está pasando». Entonces me movilicé rápido para ver qué pedo, por qué aquellos güeyes, tan acostumbrados a la gorronería engalanada, se iban de esa forma demasiado grosera para la ocasión. No tardé demasiado en averiguarlo. Allí estaba él, ese anciano, el viejito homenajeado, diciendo cosas casi a gritos mientras discutía con un senador, al tiempo que también criticaba a varias personas que pasaban junto a él. Las cosas que decía eran insolentes, abiertas y sin tapujos, pero sin perder su estilo, su postura y su presencia. Eso molesta mucho a las personas burguesas, más cuando el autor de semejantes comentarios y actitudes es el homenajeado. ¡No mamen! Aunque en realidad no a todas las personas les ofende esto, por así decirlo, la presión del juego los hace sucumbir, mientras que a otros, sencillamente, los destroza, todo depende no sólo de los comentarios en sí, sino del personaje aludido, su peso y el tipo de relación que tenga con la comunidad, por lo menos con esa. En aquella ocasión el viejito, al parecer, estaba contra el mundo entero; todos bien pudieron haber abandonado el recinto, sin embargo, sólo los verdaderos tiburones aguantaron el duro embate. La situación irónica y tensa se amortiguó con disimulo, con comentarios moderados y sonrisas, apartándose poco a poco del indeseable, so pretexto de coger un bocadillo cuya charola, por supuesto, estába muy lejos de él.

Aunque el ruquito, pretextando sordera leve, ensayaba gritos que lo hacían ver encabronadamente ridículo, el pedo es que, no sé, a pesar de todo aquel mal gusto, me gustó su actitud provocadora, digo, sobre todo porque no la había visto de esa manera en aquel contexto, ni viniendo de un señor tan grande, ¡vaya!, ni mucho menos en un mundo como el de allá. ¡Hubieran visto, güeyes! Era como si alguno de nosotros, tal como somos acá, estuviera con toda su facha por allá, hablando emputadísimo ante aquellos cretinos. Fue algo chingón. Me acerqué a mi papá y le pedí que me lo presentara. A pesar de su renuencia y su nerviosismo, nos acercamos, riéndonos de algunos comentarios que el viejo escupía en contra de no sé quién en esos momentos. Me presentó y ellos comenzaron a hablar mientras yo pensaba qué decirle a aquel anciano, a aquel grosero y nihilista viejito. Aprovechando el tema de la manipulación genética, y siendo tan directo, franco y rápido como él, comencé a hablar sobre el congelamiento de células y embriones, y luego le pedí su número telefónico, así, como no queriendo la cosa. Un tanto sorprendido, pero gustoso de encontrar un joven interesado en esas madres, ante lo cual, la verdad, me sentí halagado, me dio su tarjeta. Haciéndole ver que su cadena de laboratorios me vendría estupenda para mis «investigaciones», así como su asesoría para un posible informe en la universidad, el viejito me dijo que yo lo podía llamar las veces que quisiera. Luego, siendo sinceros, no supe bien qué pedo, porque... bueno, la cosa era que, en realidad, sentí que no había llegado más allá del clásico «deje sus datos, nosotros le llamamos» ¿no? Pero lo chingón fue cuando le llamé y noté luego luego su entusiasmo. La cuenta unitaria del vejete fue lo primero que se me vino a la mente. Hice una cita lo más rápido posible y la primera cosa que me sacó de onda fue lo retirado del lugar donde vivía; la casa era muy pequeña, todo lo contrario de la gran mansión que yo había pensado que tendría. No obstante, para esa casita, el terreno que la rodeaba era enorme, demasiado grande y con jardines amplísimos, eso se me hizo extraño.

—¿Qué?

—¿Por qué un viejito tan acaudalado como ese, tenía una mierdita de casa como esa? ¿Por qué tan alejada de Villa Dorada? Además, el sistema de seguridad que tenía no era el clásico para las casas de ese estilo, por el contrario, era todo un sofisticado aparato sistémico, con personal, chips, claves y cámaras por todas partes.

—Es milloneta, ¿no? Es normal.

—Nonononó, no porque uno sea millonario se va uno a meter en un lugar de esos para vivir. No. La zona queda a un lado de Pocunta, cuadrante Tintero, uno de los más famosos por la gente pudiente que tiene su fortuna invertida precisamente ahí, en Pocunta. De por sí en ese cuadrante hay una seguridad de perros, al grado de que no puedes ni pisar sus calles si tu calzado no tiene un valor arriba de los doscientos icus, mínimo, cabrones.

—¡Pa su mecha!

—Tiene alarma de suelo, seguro.

—¡A güevo! Y eso no es todo, además de eso tienes que mostrar en las máquinas unas tarjetas especiales de invitación, aunque seas familiar; esas madres pueden durar desde una hora hasta semanas, depende de la voluntad del anfitrión. Entonces vean: seguridad cabrona desde el pinche cuadrante, para empezar; seguridad electrónica en la casa; personal de seguridad por todos lados; la casa está bien pinche lejos del centro financiero de Villa Dorada, que es donde tiene todos sus intereses y a la que va para atender los negocios… per-so-nal-men-te. Bueno, el chiste es que este güey es especial porque hace cosas que nadie más hace, se comporta como nadie más lo hace y, además, vive donde la gente de su clase sencillamente no viviría. En fin, por todo esto es que yo intuí algo verdaderamente fuerte. Me di cuenta de ciertos temas que le agradaba abordar y, pues, yo le mostré que teníamos varias cosas, temas y causas en común. Hablábamos sobre las pinturas, algunos libros, la situación del país, los temas de principio y fin de siglo, y de sus viejos tiempos. Se enganchó conmigo y comenzó a invitarme a su casa seguido, reforzando cada vez más, al mismo tiempo, la claridad de mi objetivo. Yo mostraba un mayor interés por las cosas del viejo, lo cual no era difícil porque, digo, el viejo era inteligente, culto, y con una visión del mundo que me sorprendía no pocas veces; su visión neutral, su forma de decir las cosas, la manera de abordar las realidades, su desdén por las formas tradicionales de hacer las cosas y por el protocolo. En mucho coincidimos a la perfección. Cada visita se hacía más íntima. Debo confesar que casi mando a la chingada el objetivo que me había llevado hacia él porque… ¡caramba! El viejo es genial, es formidable, es único.

Me vi envuelto en su mundo, un mundo tan chingón que no quería salir de él; quería aprender más y más. Llegué a visualizarme como un anciano como él, y estoy seguro de que él se vio reflejado en mí cuando joven. En fin. Un día, cuando estábamos tomando una copa, mientras jugábamos una partida de ajedrez, me dijo que si quería saber el porqué tenía todo ese aparatoso cuerpo de seguridad alrededor; casi inmediatamente recordé que yo se lo había preguntado como quince días atrás, así que le dije que sí, que sí me interesaba saberlo, pero que no era en absoluto necesario que me lo dijera. Dejamos el tablero y me pidió que lo acompañara. De una cama de una habitación, junto a la suya, sacó un cofre mediano del que extrajo un documento.

Felipe encendió un nuevo cigarro y comenzó a caminar muy lentamente de un lado para otro.

—Ese documento era, es, el que va a cambiar nuestras vidas para siempre, se los juro.

—¡Achingá! ¿Y eso? ¿Por qué?

—¿Tanto así? ¿Qué es?

—¿Qué decía?

—Ese documento, mi estimado Negro, tiene la ubicación

precisa de una pequeña bóveda que contiene todos los bienes del viejo: papeles, terrenos, acciones, efectivo y joyas milenarias de su familia, de sus antepasados y… ¡agárrense cabrones!, este güey, además, tiene las claves de acceso a una cuarta parte de las reservas nacionales del Banco Central de Espoir d'Amour, del que es… ¡vicepresidente vitalicio!

Los muchachos se desubicaron y no lograron captar toda la importancia de aquellas palabras, ni sus implicaciones.

—Pero, ¿qué pedo con eso?
—¿No lo entienden? Podemos hacernos de ese documento y dar con esas reservas que representan millones de millones de icus.

Los muchachos se asustaron un poco ante algo que, de entrada, les pareció descabellado y desproporcionado. Pedro habló.

—¿Te das cuenta de lo que estás diciendo?

Los otros también comenzaron a hablar sin dejar de aferrarse a sus cigarros.

—¡Chale, güey! No sé qué pedo, pero eso del Banco Central ya suena muy pesado.
—¿No se te hace que esto ya es algo bien grueso, cabrón?
—Para nada. Todo está puesto; es sólo cuestión de calentarle la cabeza al viejito, y ya estuvo.
—Con todo lo que ha pasado y todo este tiempo que no lo has visto, pues…
—He inventado una historia y le he estado llamando, por ese lado no hay ningún problema.

—No no, nooo; tas muy cabrón.

—¡Por favooor! Esto es algo que se nos está presentando en charola de plata, ¡chingaooo!, no podemos dejarlo pasar.

—Es que esto ya es otro pedo, cabrón.

—Es muy riesgoso.

—¡Allí está el error! Parece que sí, y se oye cabrón, pero no lo es. Puedo asegurarles que ni siquiera vamos a usar las fuscas; cero violencia.

—¿Cómo puedes saberlo? Por lo que dijiste, ese lugar es una pinche fortaleza.

Felipe se desesperó.

—Bueno, ¡basta de chingaderas! Sé moverme perfectamente en ese mundo y, precisamente por eso, sé de lo que estoy hablando, así que… ¿quién está conmigo? Porque de todas maneras lo voy a llevar a cabo, sólo se los propuse porque aquí nos apoyamos y nos ayudamos siempre entre todos, y no quise dejar este proyecto tan chingón nomás para mí solo; si no quieren, no hay ningún pedo. Esta es la idea que me hizo regresar con más entusiasmo, pero me encontré con lo que ya todos ustedes saben.

—Tranquis, tranquis.

—¡No hay pedooo! Estoy contigo Felipo.

—Yo igual, pus qué.

—Iguanas ranas.

El único que estaba indeciso era Pedro, quién tomó una cajetilla y subió por la escalera, rumbo al exterior.

—Voy a caminar.

—Pero…

Felipe, quien se levantó para ir tras Pedro, fue detenido por Sergio.

—Deja que el güey se despeje, ya ves cómo es de preocupón, el cabrón.

—De seguro va ir al «Sol».

—¿El bar ese? Está bien, está bien... no hay pedo, de todas formas, al rato lo alcanzo; mientras, vamos por la cena, ¿no? Quédate, Lurias. Vente Tripa, acompáñanos.

—¡Va!

Cuando dieron las nueve, Felipe se dirigió a «El Sol», un rarísimo lugar muy frecuentado por esos seres jodidos y solitarios, pero amantes del mundo de la ópera, de esos lugares que invaden de sosiego y tranquilidad a quien penetra en ellos. En la mesa de una esquina apartada, allí estaba él, bebiendo un enorme tarro de cerveza.

—¿Puedo pedir una, gran Pintor? Porque quiero acompañarte, si no te molesta.

—Pedro sonrió.

—¡Claro!

Después de que le llevaran su cerveza al recién llegado, este comenzó a entablar una conversación con el muchacho del color de la tierra, moreno, el de ojos negrísimos, rasgos inidígenas y mestizos.

—Me sorprendiste. Pensé que serías el primero en apoyarme. Pudiste negarte, tan sencillo como eso.

—No es eso.

—¿Entonces?

—No lo sé, no sé.

—Bueno, ya llevas un buen rato acá, ¿no?, algo debes de haber pensado al respecto.

—Mi cabeza nada más me da vueltas y vueltas.

Ambos sonrieron levemente. Se miraron.

—Mira, Felipo, siento que esto ya sobrepasa todo límite. Tú sabes bien a qué me refiero. Todas esas personas que nos hemos chingado, todos los errores, lo que pasó mientras andabas fuera, nosotros mismos. Es muy poco tiempo. ¡Todo está en contra!

—¿En contra? En contra, ¿de qué?, ¿de quién?

—Ya tenemos otra vez bien la cloaca. Dijiste que ibas a compartir tu herencia con nosotros, ora que, si ya te arrepentiste, pus, no hay pedo, nosotros nos quedamos en la cloaca, que es nuestra razón de ser, es nuestra vida, y tú puedes seguir con la tuya, pero no nos metas en ese desmadre; todo eso me huele muy mal, por favor, te lo pido con el corazón en la mano.

—¿Piensas que no voy a repartir mi herencia entre todos? ¿Eso piensas?

—No, es que… No. No lo sé.

—¡Cómo puedes decirme eso! Después de todo lo que hemos pasado. ¿Tú crees que si yo hubiera tenido esta idea tan sólo para mí, hubiera regresado? ¡Mejor aún! Supongamos, sin conceder, que yo estaba indeciso en eso que planteas, así exactamente es como llego, ¿estamos? Veo todo ese gran desmadre que hicieron, ¿no crees que me hubiera dado media vuelta y los hubiera mandado a todos a la chingada, así nomás, sin importarme nada? Total, ¡yo soy el millonario!, ¿no? ¿Para qué chingados preocuparme por ustedes? Pero… ¿hice eso? ¿Hice eso?

—No.

—¿Entonces? ¡Por Dios! Cómo puedes concebir semejante idea de mí, Pintor, tú, tuuú, el más cuerdo de todos.

—¿De verdad no te das cuenta, Felipo? En todos estos años, en cada plan, en cada ejecución, el grupo va cambiando; cada experiencia nos ha ido cambiando a todos y tal parece que tú no lo ves, no lo percibes en lo más mínimo. Sergio con su estúpida e irresponsable forma de actuar y su fijación por las putas armas; Antonio, siempre, y cada vez más, confundido respecto a su propia vida; Ramón, ja, ¡caray¡, ¡hemos puesto en peligro su vida constantemente!, la seguimos exponiendo, y tú te aprovechas de él porque bien que sabes que es el más incondicional a tu persona, como cualquier niño lo haría, supongo, pero tú mejor que nadie sabe que lo hace más por lo de su pinche sueño ese.

—¿Quién iba a imaginar que algún día me hablarías así?

—Tú también has cambiado. Pareces un ser mesiánico prepotente, te has convertido en un drogadicto muy perro, muy especial, y eso, aunque no lo creas, me asusta un chingo, claro que me asusta un chingo.

—Yo no soy…

—¡Ay, por favor, güey! ¿Vas a atreverte a negarlo? ¿Ante mí? ¡Por Dios! ¡Todo el mundo lo sabe! No mames.

Felipe comenzó, muy a su pesar, a derramar algunas lágrimas frente al amigo aquel que, para esos momentos, le parecía un padre, de esos que alguna vez idealizó.

—Todo se ha salido de control, ¿verdad?

—En un chingo de cosas, por eso no quiero involucrarme, siento todo esto muy precipitado.

Felipe se limpió el rostro e hizo a un lado su tarro, al que sólo le había robado dos tragos.

—Para que no vayas a decir que te lo dije borracho... Vale. Ok. Bien. Ya que has sido tan sincero, espero que aceptes el mismo matiz en estas palabras. Esas cosas que dijiste, tal vez son ciertas, y digo tal vez porque, efectivamente, son cuestiones de las que no tenía plena conciencia. A pesar de que las percibía, en este concebir y ordenar cosas, vidas, hay prioridades, prioridades que ya en plena ejecución de planes, son las que más importan, pasando lo demás a tercer término. Un ejemplo perfecto es el hambre. ¿Qué hiciste tú cuando las tripas se te retorcieron de hambre, obviamente, una vez que te habías ido de casa?

—Recuerdo... recuerdo que le robé un pan a un niño que iba junto a su papá. Supongo que era su papá.

—¡Ah, ya veo!.. ¿Consideraste la lástima que te tuvieron los que te observaban antes de arrebatárselo al otro niño?

—¡Oye, no, espérate!

—Sólo contesta. ¿Te pasó por la mente la tristeza del inocente niño y la indignación del padre aquel, al tener que darle una explicación al pobre escuincle ese sobre el incidente?

—¡No!

—Mejor aún, ¿se lo hubieras robado, si de antemano hubieras tenido la certeza, como seguramente la tuviste, del gran susto que le provocarías al peque?

—¡Era grave! Mi situación era grave. No tenía a nadie, sin dinero...

—No no no noooo. No me vengas a mí con esas anécdotas pendejas que todos hemos contado alguna vez.

—Ya sé por dónde vas.

—Recuerdo cuando mataste a aquel sujeto, ¿te acuerdas?

Pude observar tu rostro. Te gustó, ¿no es cierto? No sólo te gustó, ¡te fascinoooó!

—¿Por qué haces esto, Felipo?

—Vi tus ojos calmar su ansiedad, vi tus manos dejar de temblar, vi tu morbo por la muerte a todo lo que daba, tu morbo por tener a la muerte así de cerquita. Estabas encantado, ¿verdad? Estamos siendo sinceros, ¿no?… ¡Contesta, cabrón!

—Sí, sí, es verdad, no puedo negar que sentí algo muy especial cuando le quité la vida a ese… a ese… ¡cerdo!

—Ah. Entonces, por lo que has contestado, puedo pensar que también tú has pasado por alto, digamos, ciertos «detallitos», para poder satisfacer ciertas necesidades. Es decir, en resumen, me has recriminado aspectos que a ti mismo, en esencia, te serían igualmente imputables, y por los que yo puedo, éticamente, reclamarte en cualquier momento cuando se me hinchen los tanates.

—¡No puedo más! Ya no quiero hablar.

Felipe lo sujetó del brazo derecho y lo llevó bruscamente de regreso a su asiento.

—¡Tú no te vas de aquí, cabrón! Me recriminas, me haces chillar, ¿y ahora te quieres largar?, pues no, güey, fíjate que no. Esto no se ha terminado, y como hombre que te considero, espero que no quieras dejar todo en el aire, a menos que aceptes que te faltan güevos para enfrentarme a la hora de los verdaderos putazos.

Pedro se zafó con violencia y habló.

—No sé cómo lo haces, pero siempre lo haces. Es como si toda tu vida estuviera basada en un plan. Sólo en planes, ejecuciones, acciones y reacciones; me has hecho ver como un ignorante, como un pendejo. Así es como quedo siempre, exactamente de la forma en que te gusta ver a los demás. Eso es lo que pienso.

—¡Ignorante y pendejo! ¿Así te enseñaron a asimilarte en la vida cuando estabas con tu dizque familia?

Al oír aquello, Pedro, sobresaltado, se molestó.

—No te permito, ni a ti ni a nadie, expresarse así de mi familia.

—Me lo permito y mil veces me lo permito. Yo no he dicho nada malo de tu familia. ¿Así es como has aprendido a asimilar las cosas? Deberías aprender a escuchar, sería mucho mejor, a mi parecer.

—No quiero hablar sobre ese pinche tema, ¿sí?

Felipe encendió un cigarro.

—Lo que sucede es que, ya sabes, esos güeyes hacen un comentario por aquí, hacen otro por acá y por allá, y, bueno, como yo no sé, y cada vez que tocamos el tema tú te niegas a hablar… pues, me orillas al punto del prejuicio, al dejarme sólo con esos comentarios. Como no los niegas, digo, ni los aceptas pero…

—¡Déjate de mamadas! ¿Qué quieres decir? ¿Qué quieres saber? ¿A qué viene todo este pinche jueguito?

—Je je… Lo sabes, y lo sabes muuuy bien. Eres la fuente principal para contarlo.

Felipe volvió a su tarro.

—Soy todo oídos.

—¡Aaah! Eso. Te refieres a eso. No es gran cosa.

—¡Te escucho!

—¡Chingao! Está bien. Yo vivía en el sur del país. Mis papás son, o eran, no sé, inmigrantes de Pacayé; huyeron de su tierra por la guerra civil, teniendo que pasar por penurias para permanecer en Tristán. Cuando llegaron, tenían cuatro hijos, dos niños, uno de ellos yo, y dos niñas. Ya estando acá, mi mamá tuvo otros cuatro. Como podrás imaginarte, mis padres eran indígenas...

—Sigue, sigue, por favor.

—Recuerdo mi infancia entre el sol y la tierra, entre semillas y bueyes; me recuerdo descalzo, panzón y siempre con lombrices y mocos de fuera.

Pedro no aguantó más y comenzó a llorar ante esas heridas, irremediablemente vueltas a abrir a esas alturas de la conversación.

—Íbamos de finca en finca, esperando que un día la compasión de algún patrón nos dejara vivir en la suya a cambio del trabajo de toda la familia, pero nunca ocurría. Siempre andábamos a salto de mata, tragando gusanos y babosas para sobrevivir.

Pedro interrumpió su relato y, lleno de ira, comenzó a gritarle.

—¿Qué más quieres que te digaaaa?

—¿Cómo llegaste hasta la cloaca? ¿Qué te obligó a decidirte, a escapar?

Ante la insistencia de Felipe y su inmutación, volvió a serenarse, apretó los dientes y sin despojarse de toda su tensión, traducida en las venas saltonas de sus manos y brazos, continuó.

—Dos de mis hermanitos murieron de gripe; uno de los patrones que tuvimos nunca quiso ayudarnos, sólo nos daba de tragar nixtamal y un méndigo jacal de paja. Dos hermanos de los grandes se fueron quién sabe a qué ciudad, ya no regresaron. Fue así como, tiempo después, decidí irme también de ese lugar.

—¿Abandonaron a sus papás?

—Nunca nos corrieron, pero ya en los ojos de mis viejos se notaba, se notaba el cansancio, la desesperanza; nunca lo dijeron, pero éramos una carga imposible de sostener, a pesar de nuestro trabajo como familia.

—Tristán está hasta el culo del mundo. ¿Por qué no escoger Suri, Camé o Prado Alto? Encarnación es una ciudad muy retirada, ¡te quedaba infinitamente retiradísima!

—Yo no la escogí. Se fue dando. Podría decirse, más bien, que ella me escogió a mí.

—Mira Pintor, tal vez por la emoción, o lo que tú quieras, malinterpretaste el plan. Quizás yo lo planteé muy bruscamente y te sonó muy aparatoso, no sé qué chingados, pero no es así, te lo juro. Este viejito hace cosas muy chuecas en el Banco Central. Cosas encabronadamente chuecas. Es de los pesados, y me tiene gran cariño, me quiere como a un hijo, de hecho, y el cabrón tiene toda esta inimaginable fortuna en esa casa: joyas, papel moneda, billones de icus. Podemos regresar a nuestros lugares de origen, a nuestras provincias y será el último gran golpe que demos, con el que ya no tendremos ninguna necesidad de delinquir. Cada quien estará con sus seres queridos, pero de manera digna, feliz. Cada quien, cada uno de nosotros, llevará la felicidad a casa y, lo que es mejor, sin necesidad de un solo tiro.

—Explícate mejor, que sólo tú te entiendes, cabrón.

—Ven, regresemos a la cloaca para explicarte mucho mejor a ti, y a todos, de qué va este pedo.

Una vez en la cloaca, Felipe repitió a todos lo que le había expresado a Pedro, para, después, detallar mucho mejor la propuesta que tenía en mente.

—Voy a mandarle un telegrama al ruquito, le voy a inventar algo para quedarme en su casa unos días. Casi estoy seguro de la ubicación de la bóveda. Lo tedioso será decodificar las claves de seguridad de la caja computarizada que están en un portal, pero no tardaré más de cuatro horas. Una vez que tenga bien precisa la información, tres compañeros de «mi trabajo» llegarán de improviso a Villa Dorada. Por supuesto que yo me «enteraré» casi en ese mismo instante y le pediré al ruquito que los hospede en la casa, pretextando un error de fechas y datos, y mencionando el hecho de que no puedo enviarlos con mi padre, ante la antipatía abierta que, esto ya lo sabe muy bien el viejo, siento por él. Sé que en el fondo, mi padre abomina al ruco, así que, ¡imagínense!

—Eres un puñetas.

—¿Tres compañeros?

—¡Ustedes, cabroneees! Sergio, Pedro y Toño. El Tripa se quedará en un departamento que voy a comprar.

—¿Departamento?

—Ahorita les explico eso. Ahora bien, vamos a comprar ropa de primera clase; yo me voy a encargar de vestirlos de acuerdo con su tipo y les diré el nombre del hotel al que deben llegar. Les daré unas tarjetas con nombres falsos, incluyendo datos generales, por si el viejo llega a hacerles alguna pregunta, que, igual no creo, porque ya me encargué de eso, ya les construí una personalidad virtual, pero de cualquier manera, hay que ser precavidos en todo. Tendrán que aprenderse de memoria, y con total exactitud, esos datos, ¿de acuerdo? ¿Todo bien?

—¡Muy bien!

—Voy a comprar un departamento aquí, en Encarnación. ¡Ya es justo! Tenemos el dinero de la herencia y como este será nuestro último golpe, nuestro gran golpe estrella, ya no tenemos que estar más en esta ratonera, nuestra cloaca. Sé que es habitable, entrañable y hasta querible, pero ya nos merecemos algo mucho mejor, ¿no creen?

—La verdad que sí.

—El ruquito siempre duerme un chingo los fines de semana, se despierta hasta la una o dos de la tarde. Aprovecharemos una madrugada, para descifrar, y parte de la mañana, para sacar todo lo que podamos de la bóveda. Una vez con la lana, llenamos las maletas que ustedes llevarán antes con un equipaje inexistente.

—¿Pero cómo? ¿Y la seguridad?

—Va a estar cabrón, Felipo.

—No no noooo. Espérense. Yo conozco a esa gente prepotente. Tratan a sus empleados como eso, como empleados, es decir como humillados, arrodillados, peor que a sus mascotitas de paseo. Son como cosas, como códigos, como chips. Una pila de tableta electrónica vale más hoy que todos esos empleados juntos, me cae. Ya no existe el grado de confianza o cariño que existía en tiempo de nuestros abuelos. Ese grado, ahora, ese tipo de vínculo sólo lo tienen con las computadoras y con los seres robotizados, con los ciberteléfonos, y de esas cosas me encargo yo. Hay un sistema de cámaras del que también me voy a encargar. De esos detalles, no se preocupen, ustedes sólo sigan las instrucciones que les estoy dando. Llegarán cinco días después que yo.

—¡Sólo un fin de semana!

—Tiempo suficiente.

—¿Y para identificarnos en el hotel? Nosotros no somos nadie allá afuera, Felipo.

—Tendrán sus credenciales de identidad con los mismos datos que tienen las tarjetas. Ya he construido sus nuevas identidades. Llevarán dinero, por si hay que callar alguna boca. Su actuación será de lo más sencilla: llegarán en la tarde, casi de noche, los presentaré, se harán los cansados y los acompañaré a las habitaciones, que, seguramente, el viejo les asignará, y al día siguiente, lo dejaremos limpio.

—Oye, en cuanto a lo de las maletas, ¿no sería mejor llenarlas con algo para que no sospechen cuando salgamos con ellas y vean que nos pesan igual que cuando llegamos?

—Tienes razón, Pintor.

—Ya me imagino el escándalo. Todos los perros del país nos estarán buscando.

—¡No! ¡Te equivocas!

—¿De qué hablas, Felipo?

—El viejito, junto con otros, realiza un chingo de malversaciones dentro del Banco. Entre todos, conforman una red que realiza transacciones, cuyas ganancias son abonadas a cuentas particulares, y las pérdidas son transferidas a las cuentas nacionales. Borran las cuentas que implican transacciones ilegales y ponen otras que pasan por legales. Sin embargo, ellos, el ruquito incluido, a güevo que deben de tener copia de esas cuentas, porque si no, no sabrían cuando alguien se está llevando más de lo pactado o si los han infiltrado. Y eso, a güevo que lo deben de saber, de cajón. Es decir, le meten la verga al pueblo, cuidándose de no metérsela entre ellos, ¿me explico?

Sus oyentes se quedaron pensando.

—Yo ya me moví desde hace un chingo y ya sé cuáles son esas claves ilegales. Después del golpe, dejaremos un mensaje en su computadora, poniéndolo al tanto de lo que sabemos, de tal forma que sepa que cualquier movimiento, el más mínimo indicio de que nos ha balconeado o de que nos persiguen o de que el sistema policíaco, o sea quien sea o lo que sea, se robó nuestros verdaderos datos, les juro... de verdad, no estoy mintiendo, les juro, por nuestra hermandad, que la cabeza más grande de este pinche país caerá y toda Espoir d'Amour con ella. Convertiré este país en un infierno si se atreven a hacer algo contra nosotros.

Seguían pensando y ninguno lograba captar aún toda la dimensión de aquellas palabras.

—Pero no se preocupen, no lo van a hacer, estoy seguro. De verdad no lo van a hacer... no lo pueden hacer. Este país cae antes. Si esos cabrones, que no son ningunos estúpidos, quieren salir ilesos, si acaso sólo sacrificarán a un recién nacido, a un iluso más, y luego el tiempo estrangulará el asunto. Eso será todo. Eso es todo lo que harán. No tienen más opción.
—¡Tons va estar chido, mi Felipo!
—Ojalá que todo salga bien.
—Va a salir bien, Te lo aseguro, Negro. Te lo aseguro, va a salir bien.

℮

No quiso esperar más, al día siguiente cerró la operación de compraventa del departamento. Un departamento amplio, lleno de comodidades, que tenía los límites de Del Gris como ubicación. La cloaca se había quedado sin habitantes, que no sin cierta protección, para seguirla manteniendo como su guarida final, pues, ahora, emigraban a un lugar nuevo y cercano, uno con un lujo tan extremo que hacía pensar en todo aquello como algo definitivamente de otro mundo. Otra cosa. Había detalles pensados y planeados para cada uno de los miembros de la prole. Desde que pisaron el suelo brillante, Felipe les dijo.

—No quiero que pregunten nada. No quiero saber, no me importa. Sólo quiero que lo disfruten, que lo gocen. Aquí está el otro camino. Aquí está nuestro nuevo mundo. Hoy comienza la verdadera vida.

El lujo del derroche fue lo primero que colmaron. El papel moneda guardado con tanto celo y tentación, producto de sus andanzas memorables, junto con la herencia de su amigo del alma, todo, hizo posible un poco más de esa libertad; llegó entonces el olvido del freno, la estrechez y la tensión. Ahora podían dar un paso al despilfarro, una pauta a la banalidad, a una realidad sin límites, de consumo total.

Una tarde comieron hasta el punto más severo de la gula y Ramón no pudo evitar el malestar de conciencia ante semejante acto cometido, contagiando de su sentimiento al resto de la prole. Sin inmutarse y mientras seguía comiendo, Felipe les dijo, en especial a Ramón, que aquello, fuera de ser algo malo o un pecado, era de lo más normal entre la gente bien, entre la gente adinerada. Les contó cómo cuando pequeño, su familia fue invitada a un banquete, en un país lejano. No era cualquier banquete, se trataba de una comida de muy altos vuelos. El costo había sido tan alto y la preparación y los ingredientes tan especiales, que hasta la fecha no se había vuelto a preparar manjar semejante.

—¡Achingá! ¿Pus qué tenía esa madre?

—Diferentes cremas de colas de cangrejo de río, salsa nantua, ¡mmmmmm! Cordero relleno de *foie gras*, faisán al horno, huevos de codorniz rellenos de caviar, huevos de tortuga gigante, y todo, acompañado por un pocamadre vino château Lafite Rothschild. ¡Aaaahhh! Y rodajas de higo con frambuesas, de postre. Todos los animales fueron muy bien cuidados desde su nacimiento hasta el sartén; alimentados con lo mejor de lo mejor para llegar con un suculento sabor hasta las mesas. De los frutales, ¡ni hablar! Quedamos hechos unos cerdos y lo que sobró, que fue un chingo, se aventó al mar, para que ningún humano tuviera la dicha de decir que sació su apetito en la reunión aquella, a excepción de nosotros, claro. ¡Nosotros! ¡Los afortunados que asistieron al banquete más caro, lujoso y exuberante del mundo! Fue noticia y toda la cosa. Así que… nada de sentirse mal, ni madres.

Llenó nuevamente su copa, se paró y propuso un brindis.

—¡Por nosotros!
—¡Saluuud!
—Ja ja ja ja ja ja.
—¡Vivaaaaaaa!
—¡Saluuud!
—¡Saluuud!

Saciada la gula, decidieron salir a la Zona de las Luces de la ciudad. Antonio y Felipe optaron por quedarse. Fumando, cada uno se acomodó en un sillón.

—¿Qué te pasa? Te veo preocupado.
—Sí, la verdad sí, güey.
—¿Pus qué? ¿Qué pedo o qué?
—Es que… es algo que, no sé qué pedo.

El preocupado Felipe suspiró, sacando humo muy despacio después.

—¿Te acuerdas de Martín, Negro?

—¿Martín?

—El primo que me avisó del testamento del tío Jaír.

—¡Ah! Ya, ya, sí. ¿Qué pedo con ese güey?

—Hace como un mes que lo volví a ver. Yo iba caminando por Desamparo cuando alguien me tomó por detrás; era él. Me dio una tarjeta con una dirección. Es un lugar, un bar o algo así, aquí mismo en Del Gris, y sólo me dijo que no faltara, que era algo muy pero muy importante, de vida o muerte.

—¿Y qué es lo que te preocupa, güey?

—¿No te das cuenta, Negro? Yo abandoné a mi familia, luego aparece este bastardo para decirme lo del testamento, lo cual ya se me hizo muy peligroso, a tal grado, que estuve a punto de chingármelo. Analizo las cosas, me enfrío. Me controlo y lo paso por alto. Pero ahora esto. Otra vez se me vuelve a aparecer.

—¡Aaah! No, nel, pus, sí está raro, ¡eh! Se supone que nadie sabe qué pedo contigo de tu familia, ¿no?

—¿Ves? ¿Ves por qué hay algo raro en todo esta vaina?

—¿Crees que te esté siguiendo?

—No, si no lo creo… ¡estoy seguro, cabrón! Me está siguiendo, espiando o investigando o no sé qué chingados.

—Pero, ¿por qué? ¿Qué motivos tiene este cabrón para hacerlo?

Aquella pregunta clave hizo que Felipe comenzara a hurgar en su mente, en su pasado.

Este güey, de familia adinerada, vivió una infancia normal; ya un poco más grande era como un vato cualquiera. Idiota, guarro, engreído, siempre a la disposición de lo que sus padres dijeran u ordenaran.

—¿Qué piensas Felipo?
—¡Espera, espera!

Se hizo un prolongado silencio.

Así lo dejo cuando tengo que partir. Luego tengo que volver por lo del plan. En su casa todo sigue igual... todo sigue igual. Mmmmm... ¿Todo sigue igual?.. ¡Nooo! ¡Espera! Es decir, sí, todo sigue igual, pero... pero con Lilian y Marco. A ellos los apapachan, los dejan hacer y deshacer, pero a este cabrón. Él era muy simple, cualquier pendejadita lo hacía reír, ¿pero allá? ¡Muy callado! Aquella vez que fui a comer, su plato estaba muy despegado de los demás. Cada paso, cada acción, siempre bajo la mirada desaprobatoria de todos. Ambiente tenso, muy bien disimulado ante mí, pero tenso. Ya en privado conmigo, estuvo más suelto, más él. ¿Y cuando el tío no quiso hablar sobre él en aquella reunión? Mmmm.

—¡Lo tengo, Negro! ¡Lo tengoooo! Ya sé qué pedo con este cabrón. ¡Cómo no lo había visto antes! Lo tenía aquí, en la tatema, sólo que en aquel entonces no le presté mayor atención porque ya había valido madres. Calro, yo ya me iba, por eso no le di importancia.

Felipe se había puesto de pie y daba pasos de aquí para allá sobre la alfombra, como gato salvaje enjaulado.

—¡No te entiendo pero ni madres!

—No hace falta, yo me entiendo solo, yo me entiendo, pero déjame hablar, déjame seguir hablando, esto lo tengo que decir en voz alta para que no se me olvide y sepa muy bien lo que tengo qué hacer.

Hacía movimientos con las manos para sí mismo mientras hablaba. Se jalaba los cabellos, se daba golpes y los ademanes y los gestos de su rostro no paraban.

—Este cabrón, cuando era niño, y todavía cuando me di a la fuga, estaba, y siempre estuvo, pegado a las faldas de sus papis; él es el mayor y era el más consentido de los hermanos. Un mimado, pues. Cosa perfectamente normal para los cánones de aquella familia. Nada del otro mundo. Bien. Luego, después de años, se me aparece para darme la triste noticia del tío. Regreso y, cuando tengo oportunidad de visitar a su familia, aquellos cánones normales, ¡pluf! ¡Han desaparecido! ¡Allí está!

Truena los dedos.

—¡A güevooo! Este cabrón se convirtió en un apestado, en un rechazado por su propia familia y por la mayoría de su círculo social también. Cuando alguien se convierte en apestado es porque algo hizo, y lo hizo muy mal... o el mal lo lleva ya adentro. Existe una escala de rechazo. Cuando el motivo es una pendejada cualquiera, la condición de apestado puede durar de un día hasta algunas semanas, pero sólo cuando no tiene una importancia real; después siguen los motivos considerables, y así, hasta llegar a los inaceptables. Yo estuve en ese punto, pues decía lo que pensaba y violaba constantemente las reglas establecidas más importantes, llegando al extremo de valerme madres la imagen de mi familia y su prestigio. Me convertí en apestado también. ¿Me explico? ¿El castigo? Encierro en una aleccionadora isla culera de pseudorobots, con la posibilidad latente de perder el derecho a mi parte de la herencia patriarcal. ¡La amenaza! Sin pensarlo demasiado, decidí huir y como pude, lo hice. Me quité ese maldito yugo. Estoy en otro contexto, pero viví allá y aprendí desde chico lo suficiente de ese mundo como para manejarlos ahora a mi antojo. A todos los de allá. Ahora, para mí, ¡son títeres! En fin. Este güey es un apestado, pero tolerado. Vive en su casa, pero es la casa de sus padres, tiene acceso al dinero, al estudio, a estar, pero lo rechazan y se lo hacen sentir. Claro que se lo hacen sentir... ¡Un infierno! Ese güey está viviendo un verdadero infierno, y claro que ya pensó... ya le pasó por la cabeza el irse de su casa, pero no tiene las agallas, no tiene el coraje ni el valor para hacerlo, así que...

Volvieron los ademanes, el paseíllo de un lado para el otro, los gestos. Tras mucho tiempo de reflexión y de armar recuerdos a través de pequeños y sutiles detalles.

—¡Noooo! ¡Me ha tomado como ejemplo, el imbécil! Me fui de ese mundo, pasó mucho tiempo y sobreviví. Regreso como si me hubiera ido de maravilla. ¡Claaaaro! Por eso me hacía esas preguntas, el idiota; quería saber los pormenores de mi vida fuera de todo aquello, pero como Felipito, en el fondo, nunca soltó prenda y no dijo ni madres, pues, entonces, Martincito decidió investigarlo por su cuenta, eso fueee.

Silencio ya sin gestos, ya sin golpes y sin jalones de cabello.

—Lo bueno es que está actuando solo.

—¿Pero tú cómo sabes eso?

—Lo traen pero si bien cortito, al güey. Tiene acceso a todo, como te digo, sí, pero está bien vigilado por el padre y sus gorilas, eso es seguro. No pudo contratar a nadie porque ese gasto hubiera aparecido luego luego. Esos gastos no pasan desapercibidos para nadie allá.

¿Te das cuenta, Negro? Este cabrón trae una petición o algo, me va a pedir algo. Ayuda, tal vez. Estoy seguro de que, entonces, sabe lo del departamento, por lo de la herencia. ¿Y si investigó lo de la cloaca? ¿A ustedes? ¿Todo lo que hemos hecho juntos? ¿Y si sabe del plan?

Comenzó a gritar, enfurecido.

—¡Malditoooooo! Pero no sabe en lo que se metió el hijo de su puta madre; lo voy a matar, ¿me oíste, Negro? ¡Yo mato a ese cabrón! ¡Yo lo matoooo!

—¡Cálmate, Felipo! ¡Cálmateeee! ¿No dices que este güey no tiene güevos, que no tiene el coraje ni el valor? Si está solo en este pedo, no puede saberlo todo, así nomás. Como todos en este mundo, aquí y en este mismo instante, uno sabe cosas de una historia o cree saberlo todo, pero no sabemos todo. Las personas la cagan en los detalles. La verdad, a veces, está en otra parte. No podemos saberlo todo. Como tú mismo lo dijiste, eso es imposible, ¿no? Podemos aplicar lo mismo para este güey.

Felipe aún mostraba su angustia y desesperación, pero al escuchar esas palabras espejo, se tranquilizó, por lo menos, momentáneamente.

—Es verdad, es cierto, es cierto, tienes razón, es verdad, es verdad. Tienes toda la razón, Negro. La verdad está en ti, cabrón, negro bembón.

Después de darle un beso de piquito algo prolongado, juguetón, agarrándole bien el rostro con ambas manos, el Negro se safó y le dijo.

—Pero, oye, pérate, cabrón. Si este güey está siendo rechazado, tú también fuiste un rechazado y eres, por así decirlo, parte de su familia, ¿por qué, entonces, no le dices que se venga aquí? Total, aquí sobra espacio y…
—¡No, ni madres! Ni pensarlo. De ninguna manera. Si yo decidí pasar el resto de mi vida fuera de allá, no es sólo por lo que me hicieron, sino que de toda la vida he odiado a mi familia y todo lo que representa: su mundo, sus cosas, su estilo de vida, todo todo. Por eso no voy a traer aquí a ningún miembro de algo que ya no es mío, de algo a lo que ya no pertenezco más, y menos a ese bastardo, ¿me entiendes?
—Ok, está bien. Volémosle la tapa de los sesos, y listo, pedo solucionado.
—¡Nooo!
—¡Oh, chingá! Pues, entonces, ¿qué pedo contigo, cabrón?
—Está en su derecho de querer largarse, eso no me parece mal. Yo lo hice. Pero el hecho de que quiera utilizarme, eso, ¡eso es lo que me encabrona! Y si estoy en lo correcto, este güey también tiene su plan bajo el brazo, y si es así, este cabrón va a querer chantajearme y está pero si bien pendejo si piensa que se lo voy a permitir.

Se hizo un silencio.

—Pero debo saber qué hizo o qué pedo con su rechazo. No puedo presentarme a esa cita sin algo, una carta ganadora qué jugar. Ese méndigo me investigó, ahora yo soy el que va a actuar. Piensa, Felipe, piensa…

—Es un rechazado, un apestado tolerado sólo por quienes están irremediablemente cerca de él. Por eso sólo unos cuantos lo saben, el resto no debe enterarse… Aaahhhh…. ¡Un secreeeeeto! Un secreto, en este caso, no puede sostenerse por mucho tiempo, a menos de que… ¿cuál será el castigo? ¿O qué sacrificio se estará haciendo para llevarlo a cabo? Tiene que ser algo muy jodido, pues él está llevando la parte más guarra.

—Estás bien pinche loco, pinche Felipo.

—¿Cuál será ese pinche castigo? ¿Otro internado como el de la isla? ¿Por un secreto? ¡Noooo! No habría justificación válida. A ver. Una justificación válida, ¿qué se hace en esos casos?

Esta vez, Felipe volvía a hablar en voz alta.

—¡Un viaje! ¡Eso eeees! Se aproxima un viaje y todos se van a tener que mover, van a cambiar de residencia, ¡güevudo! Van a cambiar hasta de país, si no estoy mal. Es por eso que el rechazo y odio hacia él son infinitos. Su error, o lo que sea, involucró a todos. Por eso está desesperado, y por eso este güey hará todo lo que esté a su alcance para que yo lo salve de esa situación o un pedo así.

Se quedó pensando un largo rato más, una vez más, mientras Antonio no dejaba de verlo como a un loco y de fumar.

—¡Dooooooooraa!

Gritó, eufórico.

—¡Ella es la clave!

—Hasta espantas, güey, casi me quemo, ¿por qué?

—Dora fue novia de Martín. Según tengo entendido, poco antes de que yo llegara, rompió drásticamente con él y esta vieja ahora está en el círculo de quienes lo rechazan. En pocas palabras: esta vieja sabe qué pedo.

Marcó un número telefónico. Después de unas breves palabras con la muchacha, enmudeció, después articuló una extraña sonrisa. Al colgar, gritó.

—¡Sí, sí, siiií! Lo sabía, sabía que esta puta tenía lo que yo quería. No puede ser, no puedo creerlo, quién iba a imaginar. Ja ja ja ja ja ja, por eso el infeliz está desesperado.

—¿Por qué? ¿Por qué? ¿Qué pasó? Dime algo, pinche Felipo, no seas cabrón, ojeteee.

—Mañana, cuando regrese de la cita, lo sabrás. Mañana, mañana.

El lugar de la cita era un café bastante amplio y muy concurrido. Pasaban cinco minutos de la hora acordada cuando Felipe apareció. Martín se paró para recibirlo.

—Pensé que ya no venías.

—No seas exagerado, apenas me retrasé unos minutos. Siéntate.

—¿Un puro?

—Sí, gracias.

Después de encenderlo.

—Bien, Martín, al grano. ¿Qué es eso tan importante que tienes qué decirme?

Felipe no podía ocultar su actitud un tanto nerviosa. Llevaba consigo mucha información certera y alguna errónea, lo sabía, pero había querido prepararse para todo, sin dejar nada fuera.

—Eres muy directo.

—¡Ya ves!

—Si te cité es porque tengo problemas, Phil.

—¿Problemas? ¿Y qué tengo que ver yo con tus problemas? ¿Por qué me citas aquí, en Del Gris? ¿Cómo me encontraste?

—Es que…

—Me has estado siguiendo, ¿verdad?

—¡Estoy desesperado, Phil, entiéndeme! Tú eres la única persona que puede ayudarme.

Sus ojos pedían cosas distintas mientras se miraban fijamente.

—Ya no puedo seguir en casa. Todo está negro, muy negro. Todos se han puesto en mi contra. Nadie me habla, mis amigos han dejado de frecuentarme. No tengo acceso a mi tableta, a mi fon, ni a las videocomunicaciones. Ya hasta los sirvientes se han atrevido hacer algunas cosas.

—¿Hasta los pinches gatos? ¿Pero cómo es posible? ¿Tu padre lo permite?

—¿Ese? Ja, para qué te cuento. Él es el peor de todos. Me vigila, me hostiga, me controla todo todo, me cortó la mesada, vigila todas las llamadas de la casa, de todo tipo… ¡por Dios! Hasta me ha obligado a ir a una escuela pública, ¿puedes creerlo?

Hizo a un lado su saco y alzó su camisa, dejando ver un gran moretón en su costado derecho.

—¿Lo ves? Hasta se ha atrevido a golpearme. Ya me mandó al hospital una vez.

A Felipe en verdad le sorprendió saber todo aquello, y no precisamente por el dolor que había implicado para su primo, precisamente.

—Pero qué demonios está ocurriendo en tu casa, ¿todos se han vuelto locos o qué? ¿Por qué permites que te hagan eso?

El joven comenzó a sollozar mientras desviaba su vista hacia la calle.
El vidrio reflejaba una imagen, la de su angustia.

—¡Phil! Es tan… me resulta tan difícil decirte esto… pero es que…

Felipe puso una mano en su boca.

—No, no digas nada, y menos aquí. Como tú mismo dijiste, soy muy directo y voy a poner las cosas en su sitio. Tú me vigilaste, así que yo también a ti. Sé lo de tu «problemita», Dora me lo dijo.
—¿Queeé? ¡Maldita putaaa!
—Lo que no acabo de entender, a parte de que me hayas metido en todo esto, es por qué lo hiciste. ¿Quién, estando en su sano juicio, haría lo que tú hiciste? Con todo respeto, Martín, pero sólo un pendejo se atrevería.

—Lo hice por la verdad, por la libertad, por expresarme y por respeto a mí mismo. Ya no podía seguir ocultándolo, ya no podía seguir cargando con eso.

—¡Maldita seaaa! Libertad, respeto, expresarte, la verdad, ¡mierda! Pura mierda. Eso es lo que es, ¡mierdaaa! ¿Cómo es posible que, sabiendo en el terreno en el que estás, la manera hipócrita con la que debes de manejarte allá, pero sobre todo, por como eres tú, con todos tus lujitos, tus caprichitos y pendejadita y media, me salgas ahora con esta basura liberal, cabrón? ¡No puedo creerlooo!

—¡Me sorprendes, Phil! Yo pensé que iba a ser diferente, te lo juro, de hecho lo hice después de un discurso de papá cuando la comisionada de los derechos…

—¡Ay, por favor, Martín! No me salgas con esas mamadas. Tú mejor que nadie en este país sabe qué pedo con esos discursos, ¡no mames!

—Pero también mi madre…

—Sí, que siempre está con sus pinches beneficencias, si ya la conoces.

—No sé, no sé…

—Las cosas te salieron al revés, ¿cierto?

—Sí, todas al revés, todas.

—Bien, ahora estás aquí, conmigo. ¿Qué te hace pensar que no pienso igual que ellos?

—Tú no, tú siempre fuiste diferente, siempre hacías lo que querías y lo hiciste más allá de lo permitido. Todavía recuerdo los comentarios, las condenas que te dedicaron y luego lo de tu fuga…

—¿Qué es lo que quieres de mí? ¿Qué pretendes con todo esto?

—Dame asilo en tu casa, Phil. Déjame quedarme contigo mientras encuentro la forma de hacerle frente a la vida.

—Lo siento, Martín, pero no puedo hacerlo. Cuando uno hace algo, debe tomar en cuenta las consecuencias de sus actos siempre, todo el tiempo, y desde todos los ángulos posibles. Todos. Tú sólo viste desde uno, el que te convino; error tuyo, de nadie más.

—¡Ayúdame, Phiiil!

Felipe lo tomó por el saco y habló fuertes cual patán, entre dientes. Su aliento casi quemaba el rostro del joven.

—¡Mira, infeliz! Yo ya tengo una vida hecha aquí y no pienso, ni por ti ni por nadie, echarla a perder, ¿me oíste?

—¡Sí! Sé que vives con unos niños o algo...

Felipe no quiso aclararle nada de su situación, nada de su nueva vida.

—¡Eso a ti te vale madres! Y la respuesta a lo que pides es NO.

—Pe... pero... soy yo... soy tu sangre, Phil.

Felipe se paró y gritó, sin importarle que los presentes lo miraran con suma extrañeza y hasta rechazo.

—¡Por eso mismo, idiotaaa! ¡Por eso me largué! Porque odio mi sangre y todo lo que representa. Odio a mi familia, a la tuya. ¡A tiiii! Por eso me largué. Por esoooo.

Martín se hallaba completamente desconcertado, desconsolado, contrariado y muy apenado. Nunca había tenido que pasar por algo así en su vida. Sus lágrimas se vertían en el café que se tomaría de golpe después.

—¿Y ustedes, qué? ¿No tienen algo mejor qué hacer? ¡Bola de argüenderos!

La gente de inmediato hizo como que no había pasado nada y el barullo volvió al lugar. Felipe se sentó y siguió.

—Así es que, ya lo sabes. Lo que pides es imposible.

Hablaba encolerizado y golpeado, así, como los latidos de su corazón.

—Lo único que voy a hacer por ti es decirte las ventajas que yo le veo a todo este pedo.

—¿Qué ventajas? ¿A qué te refieres?

—Mira, puedes chantajear a tu padre.

—¿Cómo?

—¿Me lo estás preguntando en serio? No seas pendejo, ¿qué? ¿No te das cuenta? Estamos hablando de tu pa-pá, el comandante Cabrera, el encargado de las fuerzas armadas y de la defensa nacional, ¿puedes imaginar lo que provocaría tu situación si la llegaras a publicar en cualquier diario? ¿O si apareciera en el ciberespacio?

—¿Estás loco?

La sola idea le había provocado un pánico enorme.

—Sólo así te dejarán en paz, créeme. Podrás tener el dinero que quieras; vivir donde, como y con quien quieras. ¿Follar? Ni se diga. Podrías tener la sartén por el mango.

—Pero, tengo miedo. De sólo pensar en amenazarlo. Él es capaz de…

Felipe tomó aire, tragó saliva y, sereno, dijo.

—Bueno. Yo ya he cumplido. Te he marcado el camino. Si quieres seguirlo o no, no me importa, pero una cosa sí te dejo bien bien clara, y mírame: no vuelvas a cruzarte en mi camino. ¿Me escuchaste? No lo hagas, porque si lo haces, aunque sea por accidente, si lo vuelves a hacer, te lo digo desde ya: ¡olvídate de que existes!

Restregó el resto del puro en el cenicero mientras terminaba su advertencia, se paró, sacudió su pantalón, se dio media vuelta y se dirigió hacia la puerta principal, que estaba a unos pasos de la mesa, y cuando llegó a ella, antes de salir, miró a Martín y le dijo muy fuerte, casi gritando como hacía un momento.

—Sólo a un pendejo como tú, con una familia como la tuya, se le ocurre confesarles que te gusta que te den por el culo.

Salió moviendo la cabeza negativamente, mientras la rabia, la vergüenza y las lágrimas del otro sólo lo impulsaron a decir entre dientes.

—¡Maldito seas, maldito, maldito y mil veces malditoooo!

Todo, mientras lo invadía, al mismo tiempo, la muy extraña sensación de que ya había visto aquello, en alguna otra parte, en algún otro tiempo. Ya lo había visto.

Debido al polvo negro que había aspirado hasta la profundidad del bosque más recóndito de su cerebro, ya había errado dos veces en la búsqueda de aquella vena que, ante sus ojos, no permanecía quieta ni un solo instante. Nuevamente, ensartó la jeringa en su brazo, ganando así tres piquetes inservibles.

—¡Chingada madre!

La liga se le había desatado y el contenido comenzaba a enfriarse. Aquel rito se le estaba convirtiendo en un desastre. Pedro entró de golpe, provocándole un gran sobresalto a Felipe, que estaba sentado en la alfombra de la sala.

—¡Aaaaaaaayyy!

El grito alarmó a Pedro.

—¿Qué pasa?
—Mis nervios están alterados y...

El rostro de Pedro era el mismo que se hace cuando uno traga jugo de limón agrio y en ayunas.

—¡Pero qué te hiciste, cabrón! ¡Mira nada más eeeeso!
—Es que me asustaste, güey, y todavía la tenía adentro.
—Voy por alcohol para limpiarte.
—Con el coñac, está más cerca, aaaaagggh.

Mientras limpiaba la sangre y controlaba la pequeña hemorragia.

—¡Mira nada más eso, cabrón! ¿Te quieres madrear o qué?
—Te juro que es la primera vez que me pasa. Mira, mira.

Mis manos no dejan de temblar… oye, Pintor, no seas malo, ayúdame a astillarme, ¿sí?

—Sí sí, no hay pedo.

—Pedro hizo todo lo necesario para terminar escuchando el gemido de satisfacción de su camarada, al tiempo que la droga, ya tibia, se mezclaba con su sangre, un poco menos tibia.

—¡Listo! Dobla el brazo. Bien.

—¡Qué chingón, pinche Pintor! Tienes buena mano, cabrón

—Ja ja ja ja ja ja ja. Oye, cabrón, si quieres, prepárate una astilla para ti.

—Nel, güey, ya sabes que yo…

—Lo sé, lo sé… tú sólo te metes cosas naturales, como lo hizo tu padre, como lo hicieron tus abuelos, tus bisabuelos, tus tatarabuelos y todos tus antepasados.

—Créeme, no es sólo por un pinche viaje.

—Ya sé, ya sé. ¡Cuántas veces me lo has dicho! Tengo una idea, güey, ven, siéntate. ¿Tienes ocoyotes?

—Sí.

—¿Como cuántos?

— Una bolsa entera.

—Vamos a hacer una cosa. Tú te preparas una astilla, pero chingona, ¡eh! Y yo voy a masticar una de tus madres esas. Después nos recostamos cada uno en un sillón y me cuentas completita cómo es esa ceremonia, la de tu provincia. Siempre me andas diciendo que algún día me la vas a contar y que la chingada, y nada, güey. ¡Qué mejor momento que este, cabrón! Sirve que también pruebas algo de lo mío, te montas al dragón, tal como se dice cuando uno se mete esta madre, y haces uno de mis viajes. Yo haré uno de los tuyos, o no sé, los que sean, como sean.

Pedro lo pensó un poco y fue a su habitación por la bolsa de tubérculos alucinantes.

—¿Vale?

—¡Sale y vale!

Preparó todo muy lentamente hasta que su sangre se vio inundada de calor. Felipe, con previas indicaciones de su camarada, masticaba con vehemencia aquel trozo de ocoyote, que cual corcho, le exigía a su mandíbula algo más que fuerza y empeño. Una sustancia de sabor intenso, horrible, amargo, pero pasable, emergió e inundó, muy lentísimamente, su boca, luego su garganta, luego su ser. Se recostaron. Felipe comenzó a escuchar con atención, traduciendo en imágenes, proyectadas hacia el techo, todo lo que Pedro vomitaba en palabras.

—Cada vez que mastico ocoyote, no importa a dónde quiera llegar, siempre siempre, me acuerdo del ritual de mi Chacampá.

—Tu provincia.

—Allá donde todo es verde, donde todo está suelto, libre, al aire; donde los hombres tienen más de dos mujeres y visten con bordados de figuras de animales, de triángulos, de círculos y de cubos. Los sombreros del ritual son de palma dura, ala ancha y con muchos colguijes a su alrededor. Se llevan ollas cargadas con caldo y con carne de res y de venado, las ponen a hervir en fogatas, dejando una en el área sacramental. Las mujeres, con sus faldas de un solo color, largas y con un paliacate en la cabeza, se ponen en cuclillas detrás de los hombres. Después llegan los músicos. El guía comienza una oración serena, con voz tranquila, hasta tornarse cántico para que los demás contesten en coro, con un tono muy agudo. Entra la música, el violín y la guitarra, ¡aahhhh! La tocan fregonamente, requetebonito. En ese momento entra de putazo el rezongo de los cuernos de venado, todos se unen a la danza, menos los tres sacerdotes principales. Todos toman algo del altar simbólico. Hay un símbolo de Espoir d'Amour, ya sabes, con el conejo en la luna así de grande, que agarra un indio, de los tres que se han convertido en venados. Se le roban velas al altar mientras un venado se hace de flechas y plumas, y el otro toma el bastón del mundo. Se prenden las velas y giran todos alrededor de los leños encendidos, se ríen. Comienza de nuevo la oración, retumban algunos cohetes. En ese instante, aparece el demonio fustigador, latigando las piernas de los asistentes, entre risas, quiebres y saltos para evitarlos. Sigue la danza, depositan las velas, cenizas y sal en la fogata, también cigarros.

Felipe balbuceó.

—¿Ci… ga… rros?
—Sí, los cigarros son ladinos, pero sólo son objetos. Se usan sin prender. Se termina el rezo. Figuras en masa de maíz en las ofrendas. Se hace un silencio total. Perros ladrando, rompiendo lo solemne de la noche. Comienzan a pasar el ocoyote, los cortan en gajos y se los entregan sólo a los que están realizando el ritual.

Cada uno de ellos permanecía sumergido en los vericuetos de su mente, en sus caminos. Pedro en el ritual. Felipe de la mano de Pedro.

—A los jóvenes les dan del ocoyote que fue remojado antes en una bandeja llena de sus propios orines.

Felipe, en ese momento, quiso escupir, pero su boca, toda, se había convertido en sus ojos, y sus ojos en sus manos, sus pies en su cabeza y su espalda en su torso. Entró en pánico cuando no encontró su boca, cuando Pedro no escuchó sus airados gritos, cuando este siguió su plática muy tranquilo y sin responder.

—Se mastica muy despacio hasta sacarle todo su jugo. Se pone a secar. Después se fuma, pero sólo los hombres. A esas alturas, sacan a los que están borrachos y a los que perturban el ritual. Se reparte ocoyote entre los que no participan de lleno. Los que sólo están de mirones. Hay quienes, desde la bulla, se mofan de la comunidad, del remedo de bailes que, según ellos, nosotros tenemos. A esos también los sacan a empellones, como respuesta contra los que intentan desprestigiar nuestras raíces, nuestra costumbre cultural. Para escalar socialmente, el indio tiene que acercarse al mestizo, siendo esto el intento de perder su alma india. Los que aspiran a esto son los que se mofan.

Silencio místico absoluto. Felipe adentrado en la historia que su hermano y amigo le estaba narrando. El pánico había sucumbido. El viaje se tornaba denso.

—Comienza de nuevo el cántico religioso, el gran rezo a lo sagrado y se desentierran a los dioses personificados en piedra, rocas envueltas en plumas. El espíritu de fiesta se escapa. Un hombre escarba en tierra blanda hasta el refugio de los dioses, los demás se acercan y colocan las velas y las plumas, remojadas en zoclol, alrededor del pozo. Avientan chocolate, galletas de animalitos y velas, muchas velas, regresándolos a la tierra que los creó. Los cuernos de venado se incorporan a los músicos, en medio de un mugido tristón. Comienza un baile a huarache batiente, después se canta y se mojan plumas en sangre de venado. Se zangolotean las plumas, mojando a los dioses, y hacia los cuatro puntos de la tierra. Ya es casi media noche. Cinco guías espirituales se separan del grupo, van hacia el templo principal de adobe y palma, se acercan al cristo con falda y marcan los mismos puntos, esta vez del universo, en las cinco ventanas que hay en el templo, mientras cuentan y mueven las plumas. Me escondo para que no me vean, para que no sepan de mi atrevimiento por seguirlos. Salen y van a la piedra Cabeza de Becerro, junto a ella están las piedras que son el Sol. Apagan las velas y las entierran a su alrededor. Regresamos con los demás. Pasa más tiempo. Siguen los cánticos y las oraciones; muchos hablan entre sí o con los dioses, en voz alta. Todo se mezcla. El agua desgarrante con refresco ya ha corrido, pasan tres rondas y se oyen los gallos. El amanecer es anunciado. Quedan muy pocos que aún no han caído. Se inicia un cántico fuerte y todos se vuelven al altar. El frío del amanecer se los ordena. Acercan las vasijas con carne de venado y res y la sangre. Danzan y acercan velas prendidas. Mojan plumas en el caldo y las esparcen alrededor. Cantos y violines retumban en ese momento. El dios Sol nos acompaña. Ya no hay noche. Ponen cintas de colores en el altar, son los niños que están recién nacidos. Vuelven a esparcir caldo, después se abre un círculo y vuelven a sus lugares. Se tapa el pozo de los dioses para dejarlos bien enterrados hasta el ritual del año que sigue. Los peregrinos enrollan un cordel para depositarlo en el altar. Todos van al templo y siguen los cánticos, dan un giro en su propio eje y van al altar de piedras. El viento sopla fuerte, los violines siguen hablando. Entran al templo sin dejar los cánticos y se mueven alrededor del cristo, regresan al sitio del ritual y comienzan nuevos cánticos. Un guía, con un manojo de plumas, hace limpias a todos, «barriendo cuerpos» y haciendo muchas caricias, la unión sagrada. Se inicia una oración a la que se responde en coro. Se dirigen al símbolo de Espoir d'Amour, lo toman y luego inclinan flechas emplumadas hacia el pozo tapado. Regresan a sus lugares, se sientan y sigue el cántico. Son las ocho de la mañana, el sol entibia y los niños corremos entre las piernas de todo mundo. Las bromas y risas comienzan, se reparte bebida y se come venado y res. El significado de esos platos llenos aparece: ya estamos preparados para el siguiente ritual, ya hemos honrado a nuestros dioses. Ya podemos esperar más en paz el próximo año.

Después de un algunos minutos de haber contado esa historia, bueno, eso creía él, Pedro se puso de pie con la extraña sensación de que ya había visto aquello, mientras Felipe se alejaba cada vez más de este mundo, con la imagen de unos platos repletos de carne atravesada en su cabeza.

Una hora después llegaban los demás. Pedro se encontraba sentado en la sala y una bolsa de ocoyotes yacía junto al sillón en el que Felipe parecía dormir.

—¡Traigo un chingo de hambre, tú!
—Yo también.
—Yo voy a preparar lo mío, pero ni crean que les voy a dar, güeyes.
—¡Ojete!
—¿No hay nada de comer, Pintor?

No hubo respuesta.

—Pintor, Pintooor.

Sergio, al ver la posición de Felipe y la bolsa, se acercó curioso.

—Felipo, Felipooo. Negroooo, este güey no contesta, no despiertaaaa.

Lo sacudieron muchas veces y le gritaron.

—¡Felipoooo, Felipoooo!

—¿Qué le hiciste, Pintor?

—Le dio esas madres.

—¡Noooo maaameeess!

Sergio ya había experimentado con ocoyotes.

—Esas madres son muy cabronas; a mí me duró tres días el viaje, Negro.

—Llama al doctor, Tripa, ¡rápido! El número está en la libretita de este güey.

—¡Ándaleee! ¡Rápidooo!

—¡Tres días! Y todavía me acuerdo que pensé que habían sido tres meses.

Antonio se acercó a Felipe, lo tomó por la camiseta y, nuevamente, lo intentó reanimar, azotándolo, abofeteándolo, zangoloteándolo.

—¡La jeringa! ¡Miren! Este güey…

—¡Ya cállate, con una chingadaaa! ¡Despierta, despiertaaaa!

—Ya viene para acá, el enfermero dijo que viene una ambulancia, me dijo que le diéramos de estas cápsulas que, aquí las apunté.

—Trae acá. Voy por ellas.

Pero no pudieron lograr que tragara ni una sola. La ambulancia llegó y se lo llevó. Todos se quedaron preocupados.

—Pero, ¿qué le diste, cabrón?

—Si sabes muy bien cómo se pone este güey cuando se mete sintéticos, ¡chingá! Ora con estos…

—También se corrió unos polvos; la navaja y el popote todavía están en la mesita de su cuarto.

Pedro nunca contestó. Sergio, totalmente indignado, le dijo entre gritos.

—Ahora haces que regrese, pendejo, ¿o qué? ¿En tu pueblo no hay otro puto ritual para cuando alguien la cagaaaaa?
—¡Yaaaa, Lurias!
—¿Tus pinches aires de chamán te dan derechoo…
—¡Ya, güey!
—Pus que conteste el maje, pinche pendejo.
—Sólo nos queda esperar a ver qué pedo.
Espero que no haya anticipado nada del plan con el ruquito ese porque, bueno… sólo espero que no haya hecho nada, el cabrón.

Los caminos se desenredaron y Felipe vio la luz solar treinta días después del incidente.

—¡¿Que queeeé?! No puede ser, para mí fueron como tres días o algo así.
—Pensamos que ibas a valer madres, canijo.
—Por eso los adoro, por su gran optimismo.
—Tienes que descansar, Felipo, el doctor dijo…
—Sí, sí, ya sé, y tiene razón, me siento muy débil.
—Tu cuarto está listo; no vayas a salir para nada, pídenos lo que necesites.
—En el hospital había un radio cerca de mi cama cuando desperté, a los pocos minutos de que me despabilé, no sé si escuché bien, pero, al parecer murieron otras 166 personas de un jalón, ¿no?

—Sí, yo ví la noticia por tevé. Al parecer anduvieron por la calle más de ocho horas seguidas, se les olvidó su protección y pasar por oxígeno.

—Respirando toda esa mierda.

—Toda la gente nos critica por meternos cosas, quesque por nuestra salud y la verga, cuando todos nos podemos morir con los pinches gases de afuera, que ya ni se nota, ya ni lo sentimos, pero ahí están.

—Contamina más que el humo negro de hace un chingo.

—Pinche industria, es más culera que este chumo.

—A mí lo que me emputa es toda esa pinche gente que quiere que se vuelva a implantar la ley antiestimulantes.

—Es peor este pinche aire.

—Ya no puedes salir a la calle sin que empieces a toser como tuberculoso crítico, me cae.

—Y allí sí, la pinche gente no dice ni hace ni pá.

—No se quejen, cabrones, que nosotros somos casi inmunes.

—Encarnación está valiendo verga, como el petróleo.

La plática continuó y evocó viejas injusticias vividas por la prole a causa de la sociedad y de todos sus contextos.

—Pero esa gente que los ha pisoteado, que nos ha pisoteado, se arrepentirá. Tendremos millones, cabrones, millones para hacer que el mundo se arrodille y lama nuestras botas.

Finalmente, Felipe tenía que descansar.

—Voy a mi cuarto. Pedro.

—¿Sí?

—¿Tienes compromiso para hoy? ¿Vas a salir?

—No. Tengo un cuadro en el que estoy trabajando.

—Cuando despierte, ¿puedo hablar contigo?

—¡Hecho!

Después de dormir placenteramente.

—¿Qué me pasó?

Pedro se sentó en una orilla de la cama, quedando casi frente a él.

—¡Qué viaje tan chingonsísimoooo, cabrón!

La expresión de su rostro contagió la de Pedro.

—¡Qué dices, pendejo! Pudiste haber...

—¡Mueeerto! ¡Sí! Ya, pero... no sé cómo decirlo, pero no quería despertar, no quería hacerlo. Todas esas cosas, esos lugares maravillosos, tan chingones. Las cascadas, el cielo, mis tíos, mis bisabuelos, lo mágico, lo inexplicable. No quería despertar, no que...

—...lo sé, lo sé. Yo también estaba igual, bueno, no como tú, sólo me astillé una vez.

—Pude ver mi destino, Pintor.

—Fui un pendejo.

—¿Por qué?

—El ocoyote es como el humano. Planea todo muy bien, es perverso. Te da lo que le pides, tu mente le ordena, pero la mente está llena de lagunas, y si alguna se atraviesa en el transe, si se sale de tu control, todo vale madres. Jamás regresas.

—¿Entonces?

—Tú estabas bien. En el fondo yo lo sabía. Tu viaje estaba siendo placentero. Verás, cuando el sujeto se pierde, es natural que luche. Esa lucha se traduce en enfermedad, te chupa el cuerpo, sudas frío, te salen manchas. Pero tú estabas bien, hablando sólo del trance, ¡eh! Me di mis vueltas al hospital para verte. ¿Sabías que, a veces, aunque en coma, hasta sonreías, cabrón? Estabas, digamos, como ahora.

—Ja ja ja ja ja ja ja ja.

—Uno no puede sonreír en ese estado, pero, bueno... fuera de eso, me hiciste recordar un pedo muy grande y comencé a preocuparme, ahí sí, pa que veas, muy feo.

—¿Cuál pedo?

—Cuando el trance es bueno, demasiado bueno, a veces el sujeto se niega a regresar. Mente y cuerpo se niegan a hacerlo, y bueno, cuando estos coinciden pues... a pesar de tu goce, ¡te pudo haber ocurrido lo peor, güey!

—Pero, ¿entonces?

—Hablé con el doc y me permitió estar contigo, hablarte. Llevé mi teponaztle. Digamos que hice un pequeño ritual y comencé a recordarte quién eras, a hablarte de nosotros y del plan que teníamos. Te dije que no podías abandonarnos en estos momentos. Te veías tan apacible, cabrón, que tuve un chingo de miedo de que me ignoraras, que decidieras abandonarlo todo. Pero bueno, ya ves.

—¡Gracias, cabrón!

—Ni pedo. Te obligué a seguir en esta vida miserable.

—Oye Pintor, todo esto me parece tan chingonsísimo. Tu gente, tu provincia. Todo allá debe ser como otro mundo, otra cosa.

—¡Vaya que lo es!

—Te veo y todo tú eres un viaje en sí mismo.

—Pedro sonrió.

—¿Sabes?, ahorita se me vino a la mente el Tímil, el señor por el que llegué a Del Gris. Nos adoptamos mutuamente. Fuimos de provincia en provincia, de comunidad en comunidad, y la injusticia, este hijo de la chingada del Canek jodía jodidos, justo allí, al ladito.

—Ja ja ja ja ja ja.

Pedro también rompió en carcajada.

—Ja ja ja ja ja ja ja ja ja ja ja ja ja.
—¡Ay, ya, maldito… locoooo!
—Ja ja ja ja ja ja ja ja.
—¡Yaaaaaa!
—Ja ja ja ja ja ja ja ja.

Felipe estuvo en reposo hasta que su cuerpo le exigió levantarse de la cama, sintiendo un hambre que oprimía al máximo su estómago. Eran las tres de la tarde y apenas quedaba satisfecho. Comenzó a preparar y afinar el terreno para el gran plan. No fue sino hasta las ocho de la noche que se apareció Pedro.

—¡Por fin! Pensé que terminarías cogiéndote a la almohada por siempre, puto.
—¡Pinche Lurias!
—¿Qué escribes?
—Unas cosas.
—¿De qué o qué?
—Sobre el plan, pero…
—Sí sí, ya sé: «hasta que estén todos».
—El programa cibertelevisivo había terminado, cuando Pedro y Ramón cruzaban la puerta muy contentos.
—¿Por qué tanta felicidad?
—Es que usamos el sistema de cibersexo en el *mall* que acaban de abrir.

—¡Ni te imaginas, Felipo!

—¿Qué? ¿Te viniste en chis?

—Ja ja ja ja ja.

—No, ya, en serio. Me follé a una negra, pero, uuuuuy, ¡qué negra!

—Si sigues llevando al Tripa a esos lugares, al ratito ya no le va interesar la carne de verdad.

—Miren, todavía lo trae parado, ¡eaaaa!

—¡Deja, chingá!

—¡Eaaaaaa!

—Ya, no mames, deja, pinche puto.

—¿No vieron al Negro?

—Ahorita viene, no tarda, iba con nosotros, pero luego ya no vimos dónde se metió.

—Y el Negro de seguro se chingó a una rubia.

—Ja ja ja ja ja.

—Nel, ese güey no entró.

—¡Órale! El que goza experimentando sensaciones nuevas y cada vez más candentes, ¿no entró? ¿No les dijo nada?

—No.

—Está raro, ¿no?

—Bueno bueno, quiero decirles algo. Ya dio inicio la ejecución del gran plan.

Al escuchar eso, a todos les entró una ligera tensión, al tiempo que Antonio llegaba.

—Que bueno que llegas, Negro. Cierra bien y ven acá por favor. Todos a la mesa.

Todos tomaron sus lugares.

ndo cerró la puerta, los vecinos aún seguían escuchando
os que hacían eco en los pasillos. Del juego se pasaba a la
a más seria del mundo, con los sentimentos encontrados
eso provocó.

No vuelvan a tocar mis cosaaaas, putooooos.
Íbamos a ver las fotos, cómo íbamos a saber que estaba esa
dre allí. ¿Qué chingados es? ¿Por qué te pones así? Hasta
sé que era un juego.
¡Juego tu puta madreee!
Oye, pinche Negro, no, ni madres, no tienes por qué ha-
nos así. En todo caso, esconde mejor esa madre o quémala
o quieres que nadie sepa, cabrón.
¡Déjame en paaaaz!
Está bien, está bien.
Déjalo, pinche Negra loca.

onio salió dejando perplejidad y algo de intriga por el in-
nte. El día siguiente sería tan tenso que todos tratarían de
fuera del alcance de Antonio y su irritabilidad. Sergio re-
aba feliz después de otro par de días de su encuentro con
da, una lavapies que ofrecía sus servicios de placer sexual
n destapón muy conocido en el cuadrante. Esas coladeras,
las más clandestinas y arrabaleras, no dejaban de atraerle.

Hoteles benditos del caño! Todavía lo tengo rojo, ¡aahhh!
ditas ladillaaaas!

la contestadora digital mientras exterminaba «varias vi-
El mensaje lo dejó pensando y se lo comunicó al resto,
nombre.

—Mientras comía, le llamé a mi padre para preparar el terreno y me enteré de una cosa maravillosa, estupenda. ¿Qué
creen? La parte de las reservas nacionales que tiene el ruquito
está acompañada de otra cantidad en especie, ya no sólo en
documentos. Esa casa es un verdadero banco, como un banco
secreto, pues, por lo que contiene, y no es para menos. ¡Ay,
amigos! Esto va a se más chingón, jugoso y sencillo de lo que
planeé al principio.
—Si tú lo dices.
—Después le hablé al viejo. Como lo esperaba, ha estado tratando de encontrarme. Se puso feliz cuando escuchó mi voz.
El camino está despejado ya. Pasado mañana me espera. Sin
que lo sepa, mi padre me ayudará a sacarle más información.
—Pero, no entiendo.
—¿Cómo se le va hacer?
—No se preocupen por eso, yo me voy a encargar de todos
los detalles. Cuestiones de técnica que no entenderían. Ustedes sólo hagan bien lo que tienen qué hacer y, sobre este asunto,
ya lo saben casi todo.

⁊

Sombras se movían en el departamento. La ausencia los in-
quietaba.

—Pareces todo un pinche *snob*, Pintor.
—¡Yaaa! Deja que Ramón terminé de contarnos.
—… y las grutas, con esas gigantescas ornadas; los árbo-
les carcáreos, deveras, son unos bosques de piedras bien bien
reales, fregonsísimos.

—Están por el borde occidental, ¿verdad?

—Sí, por la cuenca jónica. Luego están las rodetas de lava, la recolectora de azafrán.

—Pero eras prácticamente un minimoco, un bebé. ¿Cómo te acuerdas tan bien de todo eso, así, con tal precisión?

La pregunta lo tomó por sorpresa. Pensó mucho y trató de recordar, pero no pudo. Después de ese lapso grande de silencio, sólo atinó a decir.

—La neta, no sé, pero mi jefecita siempre me platicaba todo, todas las cosas. Supongo que de ahí se me vienen estas imágenes tan claras en mi mente. Me acuerdo que me aconsejó que nunca se me olvidara el lugar donde había nacido.

—¡Tas cabrón!

—¿Alguien quiere vino?

—Yo.

—Y yo.

—Oigan, ¿por qué no vemos las fotos que sacamos en Peletier?

—Sí, sirve que vemos cómo el pinche Tripa se quedó en pelotas cuando le escondimos su ropa.

—Y cuando el Negro se apendejó con la barredora. Eso estuvo cagado.

—Ya no me acuerdo dónde las puso el Felipo.

—¿No están en tu armario, Negro?

—Creo que sí. Ten, busca.

Después de darle las llaves, siguieron recordando en la mesa. Pedro regresó con un buen fajo de fotografías.

—¡Aquí están!

Cuando las colocó en la mesa, se desordenaro[n] un sobre viejo, de aspecto descuidado, cuyas [...] des saltaban a la vista:

AC/909. CONFIDENCIAL. ACADEMIA CIENTÍ[...]

Antonio se reprochó en su interior semejante o[...]

—¡Dámelo, es mío!

—¿Tuyo? No veo tu nombre por ningún lado[...]

—Antonio se exasperó.

—¡Dámelo te digo, hijo de la chingada!

Comenzó un correteo, a manera de juego. Sit[...] hizo en absoluto feliz a Antonio.

—¡Pinche Lurias! Que me lo des te digo, put[...]

A Sergio, el «juego» le pareció interesante.

—¿Ah, sí? ¿Lo quieres? Pus, ¡atrápame, güey[...]

Después de un ir y venir estrepitoso, lo alcan[...] trenzándose en una pelea ruidosa y feroz. Ped[...] lieron a separarlos. Pedro tuvo que tranquiliz[...] cinos que se habían asomado.

—Perdón. Diferencias entre amigos, ¡ustede[...]

—El Felipo quiere hablar con todos pasado mañana.

—¡Qué pedo! Justo un día antes del plan. ¿Habrá ocurrido algo malo?

—Nel, Pintor, no dijo eso. Sólo quiere darnos una última instrucción, un pedo así.

—¿Una última instrucción?

—Así dijo, y que si ya habías comprado la camioneta esa que te dijo.

—¿No le dijiste que ya estuvo?

Sergio ironizó.

—¡Hey! Sólo dejó un mensaje, ¿recuerda usted, Su Majestad? ¿Se le ofrece que le recuerde algo más, Su Majestad?

—Perdón, perdón Lurias, es que ya me puse... en fin. No hay pedo, no hay problema. Todo está en orden. Todo está dispuesto. Todo está listo.

Santificación

EL MUCHACHO QUE PARECÍA MÁS CENTRADO, aquel que tenía su tez púrpura, decidió interponerse entre la furia de su desnudo amigo y aquel extraño, que tensaba lo más que podía sus piernas para que los orines no se le fueran a escapar.

—¡Maldito roto culero! ¡Hijo de tu pinche madre!

El extraño tenía en su garganta unas cosas metafóricamente atoradas.

—¡Pérate Lurias, pérate!
—¿Que me espere? ¡La madre, queee! Voy a partirle su madre a este roto de mierda. ¡Quítate, Negro!

Quería salir de allí para ir a buscar un policía y decirle la clase de parias que estaban ocultas en aquella coladera inmunda.

—Pinche Lurias, cálmate güey.
—Pon la tapa, que va a entrar más agua y ya arreció el aguacero.

Pensó que todo ya estaba dispuesto y aceptó, sin más, que aquello fuera su fin.

—Y tú Lurias, quita de allí esos huacales.
—¡Chale! ¡Vale madres, me cae!

El muchacho negro le ordenó gritando.

—¡Ándaleee! Con una chingada, que los quites te digooo.

Después de obedecer y lleno de coraje, el pelirrojo le dijo.

—Vamos a chingarnos a este roto.
—Otro muchachillo ya había sacado de su pantalón un enorme picahielo, dándoselo al de pelo rojo, a quien le decían el Lurias, mientras Felipe se sentía en la agonía de sus últimos minutos. Un endeble niño intervino, dejando de inhalar su bolsa, misma que evidenciaba un pegamento mucoso y transparente.
—No mames, Negro. Este es... es él...
—Después de hacerle una señal de alto, el de tez púrpura dijo.
—¡No tiene güevos!
—El desnudo se acercó a Felipe, lo tomó por el cuello, alzó la mano empuñada con su amenazante arma y sencillamente... no hizo nada en absoluto. Después de espetarle su mal aliento jadeante y espeso, le dio un empujón tirando el arma blanca. Se dispuso a vestirse mientras lanzaba comentarios y gritos de impotencia junto con el resto.
—¡Chingada madreeeeee!
—Eres un lameculos, yo lo sabía, y tú lo sabes bien, nomás que te haces pendejo.
—Si yo lo sabía, Pintor, yo también lo sabía.

—Pero un día, un día de estos, así tenga que arrancarme los cojones o me tenga que coger a uno de la calle Vrakinova, me voy a chingar a uno. Lo voy a mandar al otro lado del espejo, me cae.

—Y tú, Negro, ¿estás pendejo o qué güey?

—Por un pelo de puto asiático pensé que...

—Este güey mama mi glande y come de mi mierda.

Aquellos seguían hablando mientras Felipe seguía tembloroso y expectante. Estaba paralizado, como una estatua, mientras aquel niño daba vueltas a su alrededor, mirándolo como a un dios, como a un fantasma.

—¿Por qué no me regresé a casa a tiempo? ¿Por qué?

Se preguntaba ante aquella terrorífica y violenta escena.

La cloaca tenía un espacio muy grande, tanto como para dar cabida a siete u ocho personas, aunque sólo hubiera cuatro. Muchos olores desconocidos le atiborraban la nariz y le distorsionaban el sentido del olfato al mismo tiempo; su cerebro no hallaba para dónde. El cochambre, la mugre y el aspecto de aquellos muchachos lo hacía angustiarse y palidecer, tornándose el tiempo en una eternidad. Aquellos seres y su forma de expresarse lo asustaron de sobremanera. ¿Cómo era posible que le estuviera pasando todo eso? ¿Cómo era posible la existencia de ese mundo que se le estaba mostrando, así, sin más ni más: violento, amenazador, rabioso? En su casa nunca se le habló de nada al respecto, en el colegio, mucho menos, y eso que era el mejor del país. Había violencia y, por ende, gente violenta, sí. Había en su mayoría clases bajas, conformadas por algo semejante a entes, sombras, recordatorios del rencor, de lo feo y lo corrupto de todo el sistema, la cara cibermediática perfecta de la violencia y la inseguridad. Sí, todo eso era cierto, pero ahora le parecía tan lejano, tan virtual, tan rebasado por eso que tenía ante sus ojos, ante sus sentidos todos, eso que rebasaba todos los límites de la concepción de un mundo que, en esos momentos, sólo él conocía. Sólo existía para él, ya que allí estaba él, sufriéndolo, padeciéndolo.

El desvestido regresó vestido, apareciendo por una especie de puerta. No pudo ver qué había más allá, pues un trapo mugroso se lo impidió en todo momento. Las moscas rondando y pegándosele constantemente le hicieron desear que aquel desarrapado pelos de fuego le hubiera clavado el picahielo, que hubiera terminado con él, que lo hubiera asesinado ya, ahí mismo, para no estar experimentando todos los miedos que nunca había tenido en su vida, ahí, todos juntos, concentrados en un solo punto: él. Todo lo que estaba viviendo se lo hizo desear profundamente. El trío continuaba su plática mientras el niño, cual retrasado mental, lo observaba detenidamente, inhalando su bolsita.

—¿Tons qué, güey? ¿Qué vamos hacer con este güey?

—Pus no sé qué transa, güey.

—Se me hace que con este güey no hay pedo, güey.

—¡Chale, güey!

—Pero si de todos modos dejamos a este güey aquí, qué transa con lo que dijimos, güey. ¡Ya habíamos quedado, güey! ¡Acuérdate, güey!

—No hay fijón, güey, como dijo este güey, con ese güey se ve que no hay ningún pedo, güey.

—Además lo del Tripita, güey, ya ves que tuvo su sueño, güey.

—¡Ese güey que se vaya a la verga!

—¡Chale, güey, también es prole!

—Pus sí, güey, pero pa mí, la neta, esas son mamadas de este escuincle. No sé ni por qué lo pelan, güey.

—Por lo mismo, que está moco, güey.

—¡Chale!

—Pos a ver, pregúntale por su pinche sueño, güey.

—A ver, Tripilla, ¡ven acá, güey!

Después de que el niño obedeció al negro adolescente.

—A ver, qué pedo con tu sueño. ¡Explícanos otra vez, güey!

Tratando de sustraer y ordenar sus pueriles ideas, les explicó, haciendo uso de su peculiar mímica, lo siguiente.

—Este güey nos va a sacar de pedos, güeyes, así como les digo. Este güey va hacer mierda la mierda.

—¿Qué? ¿Eso es todo? Parece un pinche payasito de la calle André.

—Este güey está bien pegol, no mamen.

—Nel, Negro, nel, no les creas. Este güey entró igualito que en mi sueño, me cae. Se dio un vergazo igualito, y luego se cayó encima de este güey, que estaba en pelotas, así, igualito, como en mi sueño, ¡con su pinga y su pelambre rojo al aire, cabrón! Aparte, los trapos de roto, güey, el panto negro, la camisita, ¡todo, todooo!

Después de guardar silencio, uno de ellos, al que llamaban Pintor, sacó de su saco lumpenezco una lata, mientras el llamado Lurias rompía un trapo en tres partes. Después de verter solvente en sus respectivos pedazos de tela, los amasaron melosamente para, después, incrustárselos en sus narices y, así, comenzar a «alimentarse» sin engorro alguno. Ahora sabía de dónde provenía ese aroma tan repugnante que, definitivamente, iba muy bien con aquel espacio subterráneo en donde las cajas de madera se amontonaban, la mugre y las moscas convivían entre las paredes hediondas, cuyas superficies mostraban infinidad de leyendas en pro de todo y de nada a la vez, que espetaban cosas y situaciones a través de letras de chapopote y pintura verde. Sin más, alucinada y súbitamente se acordaron de su inesperada visita.

—Y tú, roto, ¿vas a hablar o no o qué pedo?

¿Qué se tenía que decir en esos casos? ¿Qué demonios se tenía que decir?

—¿Qué quieres que te diga? Caí aquí por accidente. Algunos… mejor dicho, muchos expendedores de fruta me persiguieron y…
—¿Muchos qué?
—¡Expendedores de fruta!
—La risotada no se hizo esperar, no pudo ser más franca.
—Ja ja ja ja ja ja ja ja.

Todos se preguntaban de dónde vendría aquel catrincito tan raro, tan vaciado, tan ajeno, tan extraño y, sobre todo, tan diferente a otros rotos que ya habían visto por ahí. Parecía de otro mundo. Como sacado de otro sueño, de otro alucín. Seguían inhalando.

—Miren, yo, la verdad, no tengo dinero, no tengo nada de valor, nada que darles, de verdad. Es decir, no lo tengo ahora, aquí, pero… si me dejan ir… Déjenme ir, por favor, se los ruego. Yo no les voy a servir para nada, de verdad. De hecho, no sirvo para nada.

El niño seguía observándolo mientras lo tocaba constantemente.

—¿Y el conejo? ¿No trajiste al conejo?
—¿Qué?

El trío se acercó y el de tez púrpura quitó su mano de su rostro para poder hablar.

—Tú no eres de aquí, ¿verdad?
—¡Qué va! Ni siquiera tiene prole, el puto.
—¡Yaaa, con una chingadaaa! Vuelves a abrir el hocico y te parto tu madre cabrón. Y tú, ¡contéstame, güey!
—N… No. No soy de aquí.

El miedo concentrado se incrementó y aquel niño no dejaba de manosearlo, de escudriñarlo, como si tratara de reconocer a alguien en él.

—¿Sabes en qué cuadrante estamos?
—Por lo que sé, todos lo llaman Del Gris.
—¿Y sabes cómo está el pedo aquí, rotito?
—Bueno, sólo he estado unos días, así que…
—Haz corrido con un chingo de suerte, cabrón.
—El que tendría que haber estado encuerado eras tú, güey. Ya te tendríamos que haber encuerado y desvalijado todito.
—Aquí está de la verga, y sólo si eres muy pero muy cabrón, la libras.
—Como en toda ciudad, me imagino.
—Nel nel neeel, aquí está más cabrón, ¿verdad, Negro?
—Voy a reventarme un cuadro. ¡Me acaba de entrar una inspiración cabronaaaa!

—Como quieras, roto. Puedes quedarte o puedes llegarle, si quieres, eso ya es tu pedo. Por nosotros no hay pedo si te quedas.

Había anochecido y aquel espacio se llenó de oscuridad, pero no total, pues algunos rayos de luna llena que entraban por los orificios de la tapadera iluminaban su interior, curiosamente, de una forma sublime y triste, al mismo tiempo. Aquellos seres se habían recargado en la pared, inhalando sus bolsitas, mientras el otro parecía no batallar para plasmar sus *viajes* en unas grandes hojas de papel, aprovechando el intenso baño de rayos de luna.

—¡No te vaaayas! ¡Tú eres nuestro guía, güey! Tú eres el de mi sueño, te lo juro. No te vayas. Quédate, ¿sí?

Y mientras el niño le suplicaba, mientras seguía jalándole el pantalón, Felipe regresaba a su introspección al tiempo que volvía a dar paso a su desesperanza, a su llanto callado y a sus más terribles miedos en ese momento agolpados. No podía comprender en su totalidad, todavía, lo que estaba pasando, pero aquellos días de peregrinaje y de miedo perenne lo hicieron reflexionar en que, por lo menos, el lugar en donde estaba era un lugar fijo, subterráneo. Conoció no sólo a alguien, conoció a varios, a esos que, al final, ningún daño le hicieron, y los conoció en un tan sólo un instante. Así que, de pronto, fijó la mirada en aquel espacio. Un cuadro hermoso, hecho a punta de oscuridad y luna, vivo, se le mostró en todo su esplendor. Al toparse con el intenso brillo de los ojos negros del niño mugroso, del niño suplicante, dejó de pensar, ya no necesitó meditarlo más. No tenía la más mínima idea de lo que iba a ocurrir, pero nunca lo sabría si no se quedaba para averiguarlo. El espíritu callejero más puro estaba allí, frente a sus ojos, en la insistencia sobre un añejo conejo, en la pequeña y sucia mano que seguía jalándole el pantalón. La calle, ahora lo entendía, no podía tener mejor traducción como escondite, como escape, como refugio. Justo lo que había soñado en su anterior, banal e insípida vida. La revelación fulminante y tranquilizadora se abrió paso en medio de aquella intimidante semioscuridad. Superados sus más terribles miedos, por fin se animó a agarrarle la sucia y pequeña mano al infante, a ponerse en cuclillas y contestarle.

—No. Aquí estoy. Tranquilo. Me quedo. ¡No me voy a ir!

SEPTIEMBRE – FELIPE

¿Qué va a pasar? Este cuadrante es más oscuro que la ciudad entera. Por lo menos ya sé cómo se llaman, con todo y sus apodos. Anoche escuché algunas ratas roer las cajas que tienen arrumbadas. No pude dormir.

PEDRO

Anoche conseguí bien pinche poco y casi ni comí. Al paso que voy, no conseguiré ni un solo puto icu.

RAMÓN

¡Ese cabrón es, seguro que es!

ANTONIO

¡Aaayy! Esos putos de Carolo me madrearon chingón, pero, un día de estos, un día de estos sabrán de lo que soy capaz.

SERGIO

Me emputa ese güey, ¡me emputaaaaa!

DICIEMBRE – FELIPE

Lo bueno fue que no se disgustaron cuando les dije que esto parecía una verdadera cloaca, tal vez porque ni siquiera saben lo que es una cloaca. Dijeron que se oía chido, y ya.

PEDRO

Ese güey me cae bien pero… no sé, hay un chingo de madres en que no le termino de agarrar bien el pedo.

RAMÓN

Lo están cague y cague por su forma de parlar. Ta bien, pa que aprenda.

¡Chale! Tengo que ir con el güey de la siete a ver si me corre tantito pegol; ya me refiné todo el que tenía.

ANTONIO

Ayer abrieron una rosticería. No sé cómo pero, chingo a mi madre si mañana no tragamos pollo, me cae.

SERGIO

Ya estaba a punto de chingarme esa lana y esos hijos de su pinche madre de la veinte que me caen. Cómo quisiera tener una fusca, un revólver, como esas de los perros policías.

ABRIL – FELIPE

Siento algo muy especial dentro de mí. Ayer, durante el atraco, me sentí feliz. Ahora tendremos comida por lo menos para los siguientes quince días.

PEDRO

Es muy bueno corriendo. A ver si le consigo una punta.

RAMÓN

¡Cómo se parecía ese móndrigo a mi papá! ¿Seguirán en el pueblo de piedra?

ANTONIO

Me voy a mover con el pinche Lurias. ¿Será verdad que conoce un destapón más chingón que los otros? No sé, pero sí me voy a lanzar. Hace un resto que no mojo mi brochita y eso de andarme haciendo chaquetas diario, como que nel. No vaya a ser la de malas y entonces sí que ya la chingué.

SERGIO

Dicen ellos que en la madriza de la cinco, ese güey, el Felipe este, fue el que me trajo. Dicen que me cerró el putazo que tenía en la tatema y, la neta, yo no me acuerdo de ni madres. ¿Qué pedo con ese güey? A lo mejor lo del Tripa sí es la neta.

JULIO – FELIPE

Cuando regresamos de Pocunta me di cuenta de que ya tengo el acento de aquí. Casi no lo notas. Sobrevivir en Del Gris requiere de una dureza y una persistencia casi animales. Quien no haya visto el infierno debería pasearse por estos ghettos. Hay veces que lo único que me hace olvidar un poco el lugar donde estoy es observar los cuadros de Pedro. ¡Ese cabrón es un verdadero artista!

PEDRO

La plática de la tarde me latió un resto. El Felipe dice unas cosas que te sacan de onda, que te dejan pensando. Se pasaron como tres horas y ni me aburrí.

RAMÓN

Conejito, ven, no corras, ven, noooo…

ANTONIO

Siento cada vez más unas ganas encabronadas de matar a alguien. ¿Será como dormir? ¿Como ponerle? ¿Cómo será Dios allá arriba? ¿O estará más bien abajo? ¿Cómo será la maldita muerte?

SERGIO

La próxima semana iré a ver al Carmosín. Si todo sale chido, ese mismo día me chingo una fusca. ¡Mi fusca! Aunque tenga que matar para ser el primero que se atreve a volver a tener una así en este pinche país.

Felipe ya se había hecho su lugar en aquel pedazo de subsuelo, alimentándose ahora del mismo aire que el resto. Una tarde de martes se encontraba en una esquina de lo que habían acondicionado como un dormitorio, aunque aquellas sábanas roídas no imitaran precisamente cómodas camas, recordando su llegada. En ese instante llegaba Ramón. No pudo evitar llamarlo e invitarlo a que le contara, por fin, el famoso sueño aquel, ese que, de alguna u otra forma, le había salvado la vida y abierto la coladera del lugar. El pequeñín accedió, contándolo de aquella forma que no dejaba de sorprenderlo, como si fuera una gente mayor. Un adulto de *ghetto*.

Le contó que ya había visto eso, la misma escena, la misma gente, que cierto día alguien de la prole, ya entrado en su viaje resistolero, había decidido mostrar su valor. Por supuesto, todo, dentro del sueño. La única forma que halló para hacerlo fue jugando a la ruleta, ese juego mortal que consistía en destapar la coladera, que todos se desvistieran, hacer un sorteo y decidir los turnos para que cada quien, uno por uno, a la cuenta de tres y una vez colocados unos tapones en sus oídos, especiales para no oír nada, se supone, subiera rápidamente por la escalera, sin parar nunca, sacando sus cuerpos desnudos hasta «su marca límite», es decir, justo a la altura de los genitales, permanecer unos segundos fuera, para luego bajar igual de rápido. Una vez desnudo el pelirrojo, y ya con la coladera destapada, casi a punto de salir, alguien, un muchacho como ellos, pero diferente en el vestir y en el pensar, le cayó encima bruscamente. Que en una visión posterior pudo ver cómo este sujeto los levantó de aquel sitio, los sacó de la podredumbre, y cómo empezó a infundir un miedo y respeto muy especiales, cada vez más, entre todas las proles de la gran ciudad, aunque, todo esto, en medio de una catástrofe de fuego, violencia y dejando un gran lago de sangre.

—¿Y cómo sabes que en verdad soy yo? ¿De qué madres te vales para asegurarlo?

—¡Eres tú!

—Pero, ¿cómo lo sabes? ¿Qué tal que lo de tu sueño ya pasó antes y tú no te acuerdas? Igual por eso lo soñaste después.

El niño fijó firmemente su mirada en él, lanzándole aquel brillo, y, algo molesto, sentenció.

—No, así no fue. Yo lo sé… ¡porque lo sé! No soy ningún pendejo. Ahora me voy a tragar, porque tengo un chingo de hambre; espero que haigalgo.

—¡Haya!

—¿Qué?

—Se dice «espero que haya algo».

—Espero que haya algo.

—¡Eso! Hay carne, merey, guayabas y acabo de hacer sopa. Ya sabes que faltamos todos los demás, ¡eh, cabroncito!

—Sí sí, ya sé, ya sé.

Felipe, en los momentos de soledad, en aquel lúgubre sitio, a veces se tornaba una hoja al aire: frágil, indefenso y sin saber en qué lugar o en qué situación iba a caer.

Cada episodio, cada calle, pero, sobre todo, cada cosa que veía, lo hacía más endeble por dentro e impenetrable por fuera. Llegados algunos momentos que él llamaba fallidos, sentía la necesidad de hacerle una videollamada a algún amigo de su vida añeja, pero de inmediato caía en la cuenta de que aquello era banal, superfluo. También le entraban ganas enormes de usar el empatizador de sentimientos a larga distancia, pero sabía que no valía la pena. La vida en ese lugar lo iba ganando, enseñándole cada vez más sus secretos y él le rogaba que lo hiciera cada día más hombre, sin importar que en el camino se llenara de espinas, esas que, cual cactus, representaban, enterradas, cada una, una lección. Felipe iba comprendiendo que cada herida significaba madurez.

—¡Felipoooooo! ¡Felipoooooooooo!

Sergio entró de golpe a la cloaca gritando a pulmón abierto y desesperado.

—En la cocina. ¿Qué pasa?

La luz de la vela apenas alcanzaba para iluminar sus rostros.

—¡El Negro, güey!
—¿Qué?
—Lo madrearon.

Felipe sofocó la ínfima flama y salieron rápidamente. Corrieron.

—¿Dónde está?
—En Paseo del Caos.
—¡Malditos nombres!
—Dicen que quiso asaltar el negocio del Sarado.

No paraban de correr.

—¿Sarado? ¿El que dicen que es un mafioso y que tiene su propia perra policía?
—Sí, pero apúrate, güey.
—¿Qué?

Sergio apretó la carrera, obligando a Felipe a entrar en un *spring* que parecía interminable. Cuando llegaron al lugar, los ojos de Felipe casi se salían de su sitio, y no era para menos. Su corazón empezó a latir con una fuerza impresionante mientras Sergio lo detenía al verlo tambalearse, a punto de caer.

—¡Oh, por Dios!

El de tez púrpura brindaba una imagen sobre un rojo espeso. Su piel, al igual que su ropa, estaba tasajeada, como si hubiera sido objeto de un concurso de cuchilladas sin límite de tiempo y cuyo ganador sería quien le sacara más sangre al cuerpo. Su posición de feto delataba el deseo de proteger sus partes débiles, incluyendo su ennegrecido rostro, que mostraba tremendos golpes. Lo habían deformado. Un cuadro a color en medio de aquel cuadrante sombrío en gris y negro.

—¡Oh, Negrooo! No no noooo.
—¿Qué hacemos?

La pregunta lo activó. Se quitó la camiseta y comenzó a romperla en tiras.

—Haz lo mismo con la tuya.

Después de tener varias tiras, comenzó a amarrarlas en los brazos y las piernas del infortunado, cerca de las heridas. El cuerpo continuaba sangrando, pero ya no con la misma intensidad. Así, mientras seguían luchando por salvar la vida de su amigo, de una de las calles salieron varios indigentes de mirada ansiosa. Casi acababan de llegar y habían estado observándolo todo. Sergio se percató de inmediato de su presencia y avisó discretamente a Felipe.

—¡Güey!

—¿Qué?

—Vienen aviadores, voltea despacito, pero muy despacito.

Aquella palabra lo aterrorizó y el sólo pensar en aquellos infelices devorando a su amigo, siendo comido por esos caníbales callejeros, hizo que no perdiera tiempo y que los enfrentara de inmediato, así, sin más.

—¿Qué quieren aquí?

De entre el hedor y la mugre exacerbadas, de entre aquel grupo, descalzo, respondió un hombre alto, maloliente hasta el asco y con una maraña de vello que amenazaba con cubrirle todo el cuerpo.

—Parece que su amigo no tarda en morirse. ¿Por qué no lo dejan donde está y ya nosotros le daremos un buen uso, le daremos una muy buena sepultura, al cabrón? Sirve que, de paso, alimenta a su prójimo.

—¡Hijo de tu pinche canibalera madreeeee! Lo conozco Felipo, la otra vez lo vi...

Felipe sabía que no tenía tiempo que perder, la vida de Antonio dependía de eso. Se acercó hasta ellos, aparentemente sin miedo, esbozando una leve sonrisa.

—¿Quieren comer?

—¡Felipooo!

Súbitamente, Felipe tomó a una niña por sus piojosos cabellos sacando al mismo tiempo una pistola que lucía enorme. Entre los chillidos de la pequeña y la caótica sorpresa de los demás, les habló con furia.

—¡Ustedes se largan ahorita mismo de aquí, hijos de su pinche madre o le paso su pinche mocosa a este cabrón para que le meta la verga, le arranco unos pedazos yo mismo, le vuelo la cabeza de un plomazo y la rebano con mi filetero después!

El espanto que provocó entre aquellos seres fue enorme. Además, nadie, nunca, había visto un arma así empuñada por un civil en plena calle. Sólo la policía y sus divisiones armadas tenían permiso del Estado para usarlas, en caso de agresión al pueblo o revuelta interna. Estaba penado con la muerte tener un arma así en toda Espoir d'Amour. No era fortuito que todas las muertes violentas fueran, en su mayoría, callejeras, a golpes o cuchilladas, pero nunca por impactos de bala. Nunca por arma de fuego. Nunca. Aquellos individuos se llenaron de un miedo atroz.

—¡No le hagas nada, por favor! ¡Por favooooor! ¡Te lo suplicamooooos!
—¡Pues entonces, lárguense ya! ¡Pero yaaaaaaaa!

Al tiempo del imperativo, soltó dos potentes tiros al aire. Todos desaparecieron entre lamentos, pues un loco ya poseía un arma en Del Gris.

—¡Rápido! Llama a Salud Social. Ahí hay una videopantalla.

—Pero no tenemos código en su sistema.

—Tú diles que vengan, yo me encargo de los demás. ¡Llámalos te digooo!

Cuando la ambulancia por fin apareció, soltaron a la niña quien, desafortunada, desgraciada, se perdió por las calles junto con sus chillidos. Al llegar al hospital de la zona, pidió ver al doctor Blanco. Se había acordado que se lo podía sobornar. Así lo hizo y, garantizando que su amigo recibiría la mejor atención médica, unas semanas después, aquel ya estaba de regreso en la cloaca. Felipe le pidió a Sergio no comentar con nadie el incidente del arma. Con el regreso de Antonio, se hacía inevitable el recuento de lo ocurrido.

—No nos digas que no sabes quién fue.

—Seguro que este güey fue de chiva, ¿no?

—¿Y bien?

—Sarado, fue Sarado.

—Sólo a ti se te ocurre, sólo a ti, me cae.

—Vi la pinche oportunidad y pus... se me hizo fácil.

—Pero si ya sabes qué pedo con ese güey.

—De cualquier manera, ese mono se pasó de culero, casi te mueres, cabrón, y esto no se puede quedar así.

Todos miraron a Felipe.

—Ya no me voy a meter con ese puto, la neta, ya no los voy a meter en más pedos por mis pendejadas.

—Y eso está chingón, pero, de todos modos, tenemos que darle un escarmiento a ese tal Sarado.

Sus compañeros eran una bola de dudas y asombros.

—Sí, sí, lo sé. Ese güey es un cabronzote, ¿no? Pero para cabrón, cabrón y medio, y nosotros somos cinco.

—Tas bien ído, hijo.

—De ninguna manera.

De su pretina sacó el arma. Instintiva y pavorosamente, los demás se echaron con violencia hacia atrás. Hasta Pedro y el chiquillo se pusieron de pie, dando pasos hacia atrás, tomando su distancia. Felipe se las mostraba orgulloso, mientras ellos no salían de su asombro.

—¡Qué chingadooos!

—¡No mameeees! Ora sí te volaste, cabrón.

—¡Qué peeedo con este güey!

—Apunta pa otro lado, ¡chingada madre! ¡Íralooo!

—¿De dónde la sacaste, pinche loco?

—Seguro que se la robó, pero eso es impo…

—¡Es un policíaaaaaaa!

Felipe respondió de inmediato a la insinuación, gritando.

—¡Noooooooo! Noooo, no mameeees. Nada de eso, Pintor. ¡Chingá! Siéntense para explicarles.

Después de sentarse, Sergio pidió.

—Préstamela Felipo. No seas. Desde aquella vez te la pedí.

El arma, en sí misma, le había provocado una excitación enorme, un deseo por tener algo igual. Era un sueño añejo que se antojaba imposible, pero que ahora era real, estaba allí, al alcance de su mano.

—No seas ojete, ¡ándale!

—Nel, no se la prestes. Ese güey está bien pinche lurias.

—Está descargada, no hay pedo.

En el momento en que se la puso ahí, el mundo de Sergio se cerró. Veía como tarado lo que tenía por fin entre sus manos. Felipe habló.

—Hace como un mes junté el dinero que iba sobrando de algunos robos. Averigüé dónde trasnochaban los perros policías y me fui para allá. Antes, me puse la ropa esa que compré en *Sweet Side*. Mi idea era esperar a que uno se pusiera hasta atrás, ya ven que siempre hay por lo menos uno, pero al llegar y ver que pasaba y pasaba el tiempo pensé: «aunque varios se pongan hasta su madre de pedos, ninguno va a creer que soy de la alta y mucho menos hijo de un líder gubernamental. Todo va a pasar, me van a apañar, se van a pasar de verga y no voy a obtener lo que quiero».

Así que descarté la idea del soborno. Entonces pensé, pensé y pensé, pero no se me ocurría ni madres. En eso pasó una puta, ofreciéndoseme por una minimadre, le dije que no estuviera chingando, pero enseguida se me vino una idea y corrí rápido para alcanzarla. Le propuse que si me ayudaba en algo se llevaría una buena tajada. Sabía que se iba a espantar con el asunto, así que le aclaré que si no quería, pues que no había pedo, pero... ¡güevos! Aceptó. No había sacado mucho esa noche y creo que hasta le pareció emocionante y medio vengador el pedo. Digo, ¿quién más que la perra policía se chinga y juzga encabronadamente a las putas en todo el puto mundo, digo, además de toda la puta sociedad? ¿Quién? Así que, después de plantearle el bisnes, nos plantamos en la acera de enfrente, junto a un poste. Era zona tolerada, así que no había pedo. Le propuse que nada más nos abrazáramos, sin cachondear, pues no debía perder la concentración. La gabardina nos tapaba muy bien. Pasaba cada güey, que hacía que se me subieran los güevos hasta acá.

Señaló su garganta.

—El plan contemplaba dos partes. Una, por si el tipo se quedaba y la otra por si se iba. Afortunadamente se quedó. Los demás se fueron despidiendo poco a poco en el lugar y sólo se quedaron él y otro güey, que estaba del otro lado de su mesa. Había escogido a un perro que se viera pendejón, estaba chupe y chupe chela. El lugar era pequeño y estaba seguro de que sólo disponía de un bañito individual. No supe bien qué pedo, pero cuando vi que el otro cabrón salió del baño, supe que ese era el momento preciso. Me desafané de la ruca y le dije: «Llegó la hora». Me metí al lugar agarrándome el pito y juntando las piernas, le dije al cantinero que si me permitía entrar al baño. Me vio tan desesperado que no hubo pedo. Cuando entré al baño, grité: «¡Ya me cago, ya me cago!», azoté la puerta, pero no la cerré. Ya todo dependía de la cerveza y del tiempo. Aquel lugar apestaba a meados, pero cabrón. Tuve que hacer intervalos para no respirar. Espiaba y espiaba para ver qué pasaba. Al fin el tipo se paró y se dirigió hacia mí, hacia el baño, pues. Cerré rápido la puerta y sentí cómo intentó jalarla, el cabrón. Luego tocó y ahí me tienen diciéndole con una voz angustiadísima: «Está ocupadooo».

—Ja ja ja ja…

—No escuché bien lo que le dijo al cantinero, pero cuando me asomé, vi cómo un mesero ponía otras chelas en su mesa mientras el güey salía del lugar. Dejé pasar muy poquito tiempo, salí dando las gracias y dejando propina. Cuando vi que la puta ya no estaba, me dije: «Ojalá que haya ido a donde estoy pensando». Tenía que ser así; no había otro lugar posible. Me pasé a la otra acera y caminé dos cuadras atrás del bar ese. Había un callejón. Me regocijé al ver que, mientras el tipo, efectivamente, estaba meando de a madres, la puta, buen pedo, lo invitaba a echarse un follón con ella. El plan estaba saliendo chingón. La vieja le decía que ya no aguantaba las ganas de que se la metiera, que no quería ningún hotel, que se lo hiciera allí mismo. «¡Por favor, por favor, sí sí siiií!», decía la muy cabrona. Me pasé al otro lado sin que me viera el güey ese, me senté junto a un bote de basura. Con mi cuchillo en la mano, esperé. La puta sabía muy bien lo que hacía. Él comenzó a calentarse un chingo y a decirle a la chava que iba a gozar como nunca y verga y media. Pero, mientras la desvestía, a mí me empezó a sudar cuando ella le sugirió, por fin, que se quitara el cinturón.

—¡No mames!

—Pero fíjense, dentro de todo, aquel güey nada más decía: «Sí mamacita, sí mamacita».

—Ja ja ja ja ja ja ja ja ja.

—La puta, con rapidez y cautela, y mientras besaba al perro asqueroso ese, puso el cinto al aire, al alcance de mi mano; yo lo tomé de un jalón, rápido, y lo puse junto al bote. Una vez protegido el cinturón, me hice presente y juntos le pusimos una santa madriza, pero qué madriza, ¡eh! No saben. Cayó sobre sus propios meados, el pendejo. La puta y yo nos arreglamos como habíamos quedado... y... ¡Taraaan! ¡Aquí la tienen, cabrones! La primer arma libre en Del Gris, y es nuestra.

—Pero van a dar con nosotros. Siempre lo hicieron con todos los que medio lo intentaron.

—¡Y casi en minutos, güey!

—Lo sé, lo sé. Pero quienes lo intentaron eran jodidos, ignorantes de las cosas, parias cuyos datos el gobierno ya tiene en el sistema. Yo le quité el chip de identificación y rastreo. La desarmé y la volví a armar.

—Pero...

—Yo sé de estas cosas. El sistema no piensa que alguien como yo pueda ser un pinche ratero. ¡A que ustedes ni siquiera sabían que estas madres tienen un chip! ¡A que no!

—No va a pasar nada, entonces.

—Tenemos el control y la información necesaria de nuestro lado.

—Está chingonsísima, güey.

—¿Y cómo sabes que es la primera, entonces?

—¿No ustedes mismos lo dijeron? O qué, ¿sabes de alguna otra?

—No, no, pero...

—Todos los que han muerto a plomazos han caído por las armas de la perra policía, no nos hagamos pendejos. Para ellos, todos los muertos son la mierda de la sociedad. Somos mierda para todos. Esa es la verdad.

—¡Qué le haces caso a este güey! Como si no supieras en dónde estamos, qué tierra pisamos, ¡pendejo!

Sergio habló sin apartar su mirada del arma.

—¿A poco piensas tronarte a alguien?

—¿Sí?

—No, nada de eso, pero, ¿se imaginan el terror, el susto que le meteremos a cuanto puto se nos ponga enfrente?

—Nadie se nos pondrá al pedo.

—No pus, eso sí va estar chingón.

—No sé. Me siento pocamadre. ¡Feliz! ¡Chingón! Siento algo. Siento que las cosas van a mejorar a partir de este pedo.

Felipe no podía ocultar su gozo. Sergio habló.

—Oye, güey, pero... ¡chale! Tons, ¿nomás tú vas a tener chance de agarrar esta madre, cabrón?

—Sí, güey, pero...

Felipe se paró y comenzó a caminar pegado a las paredes subterráneas, mascullando en su mente y haciendo esos movimientos con sus manos que, a ojos de sus compañeros, lucían grotescos, lunáticos, como de alguien que no estaba en este mundo.

—¡Chale! Otro pinche loco.

—Qué se me hace que este güey es tu carnal, pinche Lurias.

—Segurito que por eso le cayó encima a este güey, ja ja ja.

—Ja ja ja ja.

—*Va te faire foutre!*

Cuando Sergio respondía agresivamente en la lengua de sus abuelos, era signo de que faltaba muy poco para que explotara.

—Espérense cabrones, lo tengo aquí, en la cabeza, ¿y sabes qué, pinche Lurias? Me acabas de dar una idea de lo más chingona. ¡Tienes razón! No hay motivo para que cada quien no tenga su propio revólver.

Mientras a Sergio se le transformaba totalmente el rostro, con un esbozo de sonrisa que se le fue haciendo cada vez más grande, Antonio y Pedro se alarmaron.

—Oye, pérate pérate, pérate tantito, güey. Eso ya suena muy cabrón.

—¡Muuuuuy cabrón!

—¡Pintorcitooo! ¡Negritoooo! ¡Por favooor! Ya sé lo que están pensando, pero nel; sólo las vamos a utilizar cuando sea absolutamente necesario. Estas chingaderas van a ser sólo para dar miedo. El miedo hace que las personas se hinquen ante ti y hagan todo lo que les pides, ¿o no?

Sabían a lo que se refería, así que todos asintieron con la cabeza.

—¡Ahí está! Les digo que lo tengo todo aquí, en la cabeza. ¿Se imaginan? Dejaremos de estar tragando limosnas y con estas madres ahora sí podremos lanzarnos a los grandes Mc'Comers. ¿Se imaginan? Toda esa gente de mierda comprando en esas pinches tiendototas. Dinero, dinero, dinero. ¡Miles de icus! Y sólo para nosotros. Podremos hacer un chingo de cosas con esa lana. Arreglar esta madre, que está de la verga, traer algunos muebles, asegurar la tapadera, que ya se está cayendo de oxidada, ¡qué sé yo!

—Y podremos… podremos intentar sobornos con los perros, ¡esos policías de la chingada! Como antaño.

—Sí sí, pero sobre todo, recuerden, el miedo. El miedo que regaremos como arena por este maldito cuadrante, entre las demás proles.

—Seremos la madre de todas.

—Piensen. Piensen bien. Si ahora somos respetados sólo con nuestras dagas y cuchillos, imagínense cómo será cuando vean esto.

Felipe le arrebató el arma a Sergio diciendo.

—¡El poder total en Del Gris! ¡Imagínense! Sean capaces de imaginar.

Todos evocaron imágenes de aquel poder del que les hablaba. La palabra de Felipe se asemejaba a la de un Sócrates reencarnado que dejaba el mismo efecto que aquel en sus oyentes. Un efecto de embelesamiento ante la sola palabra.

—Primero aprenderemos a manejar el miedo. Tendremos que probarnos en los Mc'Comers y después con nuestros enemigos. ¡Lo tengo todo aquí!

Fue y se postró ante el pequeñín Ramón.

—¡Tu sueño! ¡Lo tengo todo aquí! Arrasaremos con nuestros enemigos. Uno por uno. Y no creas, Negro, que se me ha olvidado lo que te hizo ese infeliz. Su gente y ese hijo de la chingada van a pagar.
—¡Sarado! ¡Maldito culerooo!
—Eso está escrito, ¡lo juro!

———

Esta es la lucha que habías previsto para mí, tío Jaír. La he encontrado. A ti doy gracias por los conocimientos que con tanto cariño y respeto me transmitiste. A ti que me armaste con toda tu infinita sabiduría, la que voy a poner a usar por fin, la que tanto admiré y que sigo admirando. Hasta ahora caigo en cuenta. Me preparaste para enfrentar esta espada que se blande sobre mí, aquí y ahora, y que promete, en el futuro, con otras formas, convertirse en otras miles. Estoy listo para enfrentar mi destino.

Respetando aquel momento de claridad felipiana, todo lo empeñado en la palabra se llevó a cabo. Supieron llevar el miedo a tal grado que introdujeron formas novedosas al asunto, así como nuevas armas, para llevar a buen puerto sus objetivos.

Sergio no cabía de contento. A cada momento evocaba su revólver, hallando cualquier pretexto para ligarse más íntimamente con él: lo limpiaba con infinita obsesión, lo observaba cada que podía con suma admiración, y lo besaba con tal devoción, que el objeto pasó a convertirse en un activo sujeto, capaz de cambiarle la visión del mundo por completo, de reinventárselo. Un verdadero apéndice.

Había bautizado a su pistola como la Verga, por aquello de la semejanza fálica en los términos del lenguaje del cuadrante. Todos podían esperar de él algo insospechado y siempre arriesgado, algo totalmente impredecible.

Estaba listo para la encomienda de ese día. El grupo ya sabía qué hacer y estaba en posición. El ruidero de botes de basura cayendo al suelo hizo que esos hombres fofos, que habían salido de la puerta de atrás de aquel callejón sin salida, corrieran hacia fuera, siendo recibidos por una tormenta de tubazos, a manos de un centenar de niños y muchachos que se repartían casi en igual número, entre hombres y mujeres. Convocados por Felipe, habían sido movilizados apelando a las añejas injusticias sufridas a manos de aquellos mismos fofos, por órdenes de su jefe, quien, ya para entonces, había sido acorralado, al tratar de escapar por la puerta principal que daba justo a la avenida Frustración, viéndose obligado, después, a correr hacia el mismo callejón. Felipe lo vio acercarse y dejó todo en manos de Antonio, ya que así lo habían acordado previamente. Este apuntó hacia la puerta, listo para infundir el terror y el miedo, tan característicos de aquel hombre que en breve aparecería.

—¡No te muevas, culero!
—¿De dónde sacaron eso?

No pudo dejar de impresionarse ante aquel artefacto que, para nada era un palo, una daga, una cadena, una piedra, una punta o una tabla. El tipo de armas al que estaba acostumbrado enfrentar en situaciones así, con gente así, como esa.

—¿No oíste, marrano?

El hombre, fingiendo cierta ironía, contestó.

—¿Qué es lo que quieren?
—¿No te lo imaginas, puto?
—¿Matarme? ¿Quién? ¿Tú?

En eso de olfatear de inmediato el ambiente, cual buen sabueso, controlando los instintos y las emociones al máximo, en frío, y de pretender ser un experto en eso de inculcar miedo, los papeles se pueden invertir en fracciones de segundos si el atacado ve la más mínima oportunidad de realizar alguna expresión violenta en medio de la escena, pero, sobre todo, y esta es la característica más común, si el atancante comienza a dudar demasiado.

—¿Tú a mí?
—El hombre «sometido» comenzó a avanzar muy poco a poco hacia él y Antonio comenzó a retroceder de igual forma.
—¡Tú no tienes cojones! Ni tú ni ningún mocoso culero de estos sabe siquiera cómo usar lo que tienen allí, cagón de mierda.

Señalándolo todo el tiempo y acercándosele, cada vez más, el hombre, de manera sorpresiva, pero decidida, llegó hasta sus narices y le arrebató el arma, haciendo que todos retrocedieran automáticamente, abriéndose un gran espacio en forma de enorme círculo.

—¡Madres!

El miedo había traicionado al de tez púrpura y ya se había introducido en su ser, bajo su piel, ese pellejo que le comenzó a temblar, a ponérsele chinito. El miedo se le había revertido, le había jugado mortalmente en contra. Muchos se echaron a correr, abandonando la misión. La temblorina era contagiosa y sus efectos imprecisos. Locos de miedo, todos huyeron. El círculo se rompió caóticamente. Se cayó mucha gente. Muchos teminaban pisados. En medio de aquel pandemónium, el miedo seguía contagiando a los demás, mientras muchos seguían corriendo, atropellándose entre sí, otros se lanzaban al piso. El caos se detuvo al escucharse el corte fuerte de un cartucho y un grito, justo antes de que aquel desgraciado le vaciara el arma a Antonio.

—Te voy a…
—¡Saradooooo!

Se sobresaltó, escapándosele un tiro al aire que le desvió no sólo la muñeca de su mano derecha sino también la vista. El pago mortal por aquel error no esperó a que su miedo, ya esparcido por doquier, se disipara por completo. Su pecho alojaba, sin más, cinco proyectiles mientras bailaba al compás de los impactos. Los orificios dejaron un lienzo húmedo y brillante en su camisa, que parecía formar figuras grotescas por los caminos que tomaba su sangre derramada.

Con los brazos al frente y apuntándole aún, Felipe no podía cambiar de posición. Era una estatua. No había tenido nada qué pensar, sólo había sucedido. Había cegado una vida humana. Su corazón marcaba el ritmo infinitamente acelerado del desconcierto. El ensordecedor pum pum de un tambor que parecía estar llamando al puebo entero a la rebelión.

Los que estaban allí, y algunos que regresaban, poco a poco y con cautela, a la escena, estaban asombrados y maravillados. Estaban allí, en el lugar preciso del primer asesinato con revólver entre la población civil de Del Gris y de toda Encarnación.

—¡Viva Felipoooo!

Todos gritaron jubilosos.

—¡Vivaaaaaaaaaa! ¡Vivaaaaaaaaaa!

El silencio desgarrador había sido trastocado con aquellos gritos de júbilo de la comunidad nocturna ahí reunida, callejera, adolescente e infantil, en su gran mayoría. Entre la algarabía y el bullicio, todos querían tocar al ser que había llegado a esas alturas, al que poseía el arma asesina, pero justiciera.

Sergio arrastró de los cabellos a uno de los ocho compinches del difunto, llamó la atención de todos, y lo obligó a abrir la boca, entre súplicas y lágrimas. Introdujo su arma en aquella boca, y fue entonces que sucedió. La detonó ahí mismo, en la boca abierta del desafortunado, arrebatándole la existencia, así, sin más. Antonio y Pedro, en un ataque de cierta histeria, siguieron el ejemplo y despacharon al resto de este mundo mientras, entre los gritos estridentes y cientos de pares de ojos bien abiertos, Felipe abrazaba y alzaba al pequeño Ramón.

—Algún día, vas a sentir esto… ¡pero a la millonésima potencia, cabroncitoooo!

Sergio había comulgado al fin con la muerte y su sabor ya no se separaría de él jamás. El ritual había sido tan especial, tan extraordinario, que su comunión había alcanzado al resto de la prole.

℃

Tres meses más tarde, después de un atraco a otro Mc'Comers, que había terminado en un verdadero derramamiento de sangre, como ya se había hecho costumbre, Felipe se dispuso a enfrentar su yaga emocional más fuerte: su conciencia.

Aún tenía en la cabeza el rostro del bebé a quien acababa de destrozar de dos tiros. Algo se le revolvía, algo no estaba caminando bien. Eran demasiadas muertes y, aunque también era cierto que lo hurtado que se iba acumulando iba en aumento, de cualquier forma, vidas como la de aquel bebé no justificaban en nada el dinero. Y si él estaba abusando indiscriminadamente de su arma, sus camaradas no lo envidiaban para nada en ese terreno. Muertos y muertos, cada vez más.

—Te digo que de niño me llevaron a una academia policíaca y así era.

—¿Con figuras de cartón?

—De un cartón especial, pero sí, güey. De cartón.

—¿Y de dónde las sacaste las tuyas?

—Las mandé a hacer, maje. Mira, las colgamos de los ganchos, de esos que se usan para los cárnicos. Ponemos una figura cada diez ganchos y desde una esquina… ¡pum pum pum pum pum! Practicamos tiro con ellos, ¡qué tal!

—¡Ta chido! Pero, ¿qué pedo con los demás?

—Primero nosotros. Aún no sé si va a resultar y no quiero cagarla con todos, digo, en caso de que la caguemos. Además, te escogí a ti porque, siempre que entramos en acción, pareces desquiciado, güey. Debería quitarte esta madre, me cae.

—¿Mi Verguita? ¡Ah, no, ni madres! Antes me matas, cabrón.

—Yaaa ya. Vamos a ver qué pedo con las bodegas del merca.

—¡Vamos!

Todo salió bien y comenzaron a practicar tiro por las tardes. La constancia de Felipe motivaba a Sergio a continuar con aquel ritmo de perfeccionamiento empírico. Cinco meses tenía previsto Felipe para organizar un atraco en el que todos intervendrían. No quería que todos actuaran como cabos sueltos. Eso se tenía que acabar. El plan contemplaba perfectamente las habilidades más sobresalientes de cada uno de ellos, explorando, a su vez, de manera prudente, su capacidad para escapar lo más rápidamente posible del lugar escogido. Antes de llevarlo a cabo, tenía en mente realizar pruebas pequeñas, de un riesgo menor, para otorgarles confianza suficiente al ejecutar el plan mayor; y ya tenía la primera. Aquella pruebita que terminaría en la avenida Ungezwungen, estaba diseñada para que sólo cayese quien tuviese que caer. Sergio y él, que ya habían entrenado cierto tiempo, se encargarían de llevar a buen puerto su ejecución, esta vez, en principio, sin víctimas que lamentar. Bueno, por lo menos eso era lo que Felipe esperaba.

Líbranos y Guárdanos

—**V**OY POR UNAS CERVEZAS, ¿QUIERES UNAS, LURIAS?
　　—¡Órale! Pero que estén bien heladas.
— Ya sé, cabrón, ya sé. ¿Y tú, Toño? ¿Quieres algo de beber?
— Una Wo, si no es molestia.
—¡Va!
—De la sección de oriente.

Al salir, Pedro se extrañó del pedido de Antonio. En el departamento había bastante vino, del mejor. Sabía de antemano que él y Felipe habían discutido cuando el último los invitó a salir, y por el rostro del primero cuando volvieron. Por eso no pudo menos que pensar que Antonio quería, con aquel alcohol barato, recordar el pasado.

_____

El pobre ha de estar en crisis, como todos. Jamás nos imaginamos llegar hasta el punto que hemos llegado.

Después de volver con los encargos, los tres se dispusieron a ingerir sus bebidas. Mientras aquellos dos disfrutaban de una partida de ajedrez, Antonio se entregaba a su bebida Wo Tu Zen, de una manera sublime. Quería seguir alcholizándose para no soportar más sus sentidos, para quedar libre de todo prejuicio. Libertad total. Sólo ese estado le sería propicio para seguir concibiendo algo que ya había prendido, cual pequeña flama, en su testa, algo a lo que todavía no lograba darle forma concreta. Vacía la botella, se levantó del cómodo sofá y se dirigió a la puerta; Pedro se dio cuenta. Se paró de su asiento y lo tomó del brazo.

—¿A dónde vas, Toño?
—¡Y ora qué p... edo!
—Acuérdate de lo que nos dijo el Felipo.
—A mí lo que dijo ese güey me viene valiendo madres.

Pedro se colocó frente a la puerta. Antonio le dijo.

—Quítate Pintor, en buen pedo.

Pedro volteó a ver a Sergio, en busca de apoyo.

—No no no, a mí ni me mires así, ¡eh! Ese cabrón ya está bien güevudito como pa saber lo que hace. Últimamente, más bien, parece un pinche escuincle mamachiche, el güey, ¡déjalo!
—Está bien, cabrón, pero quiero decirte una cosa. Yo no sé los demás, pero, yo sí me preocupo un chingo por cada uno de ustedes. Cuando hay un desmadre, cuando no llegan, cuando escucho las torretas, las madrizas, la puta alarma. No sé. Yo no sé, pero, independientemente de que no creas, o que no crean, en espíritus ni en los dioses antiguos, lo único que sé es que cuando me pasa esto, me arrodillo para pedir por todos, como pidiendo perdón y...
—¡Pintor!

—… tratando de hallar alguna puta oración mongú, pues sé que ninguna de las mías los protegería como yo quisiera…

—¡Pintor!

—…pero lo intento, de verdad que lo intento y…

—¡Pintooooor!

—Está bien. Lo único que te quiero decir, Negro, es que si tienes algo qué expresar, lo que sea, aquí tienes a un hermano que te sabrá escuchar.

Antonio abrazó a su amigo mientras le decía.

—No hay pedo, mi Pintor, no hay pedo, me cae. Nomás voy a dar la vuelta, aquí, al parque, pa despejar la mente, nada más. Es que esta madre me está ahogando.

Se refería a la atmósfera del lujoso departamento.

—Voy allá, me despejo y… regreso más tranquilo, ¿está bien?

—Vale, pero no te tardes.

Cuando Antonio salió, Sergio comenzó una conversación en el departamento.

—Casi casi lloro y me orino aquí mismo si no hubieras parado de hablar.

—No sé ni de dónde me salió. No lo sé.

—De todos modos, parece como que sí le hizo bien al Negro, ¡eh! Como que sí sintió algo, el puto.

—No sé, Lurias, no sé.

—¿No sabes qué, güey?

—El Toño anda muy raro, desde antier anda pero si bien raro.

—No me había dado tinta, pero ahora que lo dices, como que sí, algo no cuadra con ese güey.

—Está pero si bien encabronado porque el Felipo no le dijo lo del regreso.

—Pero ya ves cómo nos encanta el desmadre. Ese güey se fue a follar con la Pez. Al cabrón, yoooo, yo mero le recordé lo del Felipo. «Ya lo sé» me dijo el muy mamón, hasta que me emputé y le dije «órale cabrón, te vuelvo a decir algo, pinche ojete», y fue cuando me regresé al cantón, porque eso pasó en la madre esa que está frente al panteón.

—¿El Carnival?

—¡Ándale!

—¡Aahh! Entonces, por eso se sacó tanto de onda ese día en la mesa.

—¡Qué si no!

—Nomás era cuestión de verle su pinche jeta, hijo.

—¿No habrá hecho mal Felipo en decidir todo como lo decidió?

—Pus, no sé.

Hubo un poco de silencio.

—Y luego así, ¿no? Tan repentinamente, como que muy rápido.

—Sí. Ya ves que todo lo hicimos de cuete y luego luego organizó este pedo de pirarnos.

—Digo, sé que todo estaba dispuesto ya, pero… siempre nos comunicaba a todos lo que tenía en mente con tiempo, aunque fuera muy urgente o peligroso, él nunca decía o hacía nada si no estábamos todos. Por lo menos los planes más chingones. Podía darnos instrucciones precisas y particulares, acá, en corto, a cada uno, pero sólo cuando era bien bien necesario.

—De todos modos, aún así, yo no entiendo qué pedos se trae este cabrón. Digo, ya estamos hinchados de billetes, ¡y de billetes pesados!

—No, no, el pedo no va por ahí.

Calmaron sus lenguas y se ensimismaron por largo rato.

—¡A ver! Si no esperó a Toño para comunicarnos lo de la pirada, quiere decir que, en realidad, ya no importaba, porque de todos modos este desmadre se iba a llevar a cabo, con o sin él.

—Como ya lo está haciendo, de hecho; si ya lo conocemos al cabrón.

—Pedro se paró de su asiento al tiempo que decía.

—Fíjate bien en lo que voy a decirte... Creo que... ¡Sí, eso es! ¿Por qué separarnos? ¿Cómo pa qué? No tenemos por qué separarnos en realidad, es decir... digo... por lo menos no para toda la vida, ¿no?

—¡Chale! Pero si el Felipo dijo...

—Sí, sí, ya sé lo que dijo, pero, ¡imagínate! Pérame tantito. Imagínate cómo sería tu vida allá, en Krajina. Y no me salgas con que vas a regresar con el puto de tu papá, porque no te voy a creer ni madres.

—No sé. No sé si todavía esté en la casa o si se habrá ido. ¿Y si ya murió? No tiene ni una computadora, ni un pinche dispositivo, nada.

—¿Ves? Es exactamente a lo que me refiero. No sabes qué pedo allá. Si regresas, será sólo para ver qué ha pasado con tu lugar, no sé, con tu gente. Qué ha pasado durante todo este tiempo en el que has estado lejos, y en un lugar tan lejano y tan distinto.

—¡Neta que sí!

—No sé tú, pero, al menos yo, yo no me quedaría. No me pienso quedar. Yo no quiero pasar el resto de mi vida allá... con mi pasado, ¿y sabes por qué? Porque mi vida ya es aquí. Ustedes son parte de mi vida. ¡Encarnación! ¡Cómo vivir sin esta pinche ciudad ya! ¡Chale! ¿O estaré de plano muy pendejo, Lurias?

—Nel, neeel. Fíjate que ahorita que lo estoy pensando, fíjate que tienes razón, güey. Si regreso, sólo sería para ver qué pasó con el lugar, qué pasó con la gente. Para volver a ver las montañas cubiertas de blanco. Sentir la nieve; sentir ese frío chingón otra vez en mi esqueleto.

—Y eso lo puedes hacer cada vez que quieras, ¿ves? ¿Me captas? Pero como el Toño es de aquí. Porque... sí es de aquí, ¿no?

— Seguro que sí. Y, claro, no tiene ningún lugar que extrañar, el güey. Su lugar es este.

—Seguramente el Felipo sí quiere hacer su vida en otra parte, tal vez. Si mal no recuerdo, mencionó algo de un primo o algo así, ¿no?

—Sí, uno que vive en un pueblo donde vivieron sus abuelos, pero la neta no recuerdo bien bien.

—Mira, al final, ya eso es lo de menos. Ya vimos qué pedo y pues... te propongo que hagamos esto.

Después de acomodarse, cada quien en un sillón frente a la mesa de centro, encendieron sus cigarros y comenzaron a poner más orden en sus ideas hasta que estructuraron, por su cuenta, un nuevo plan para permanecer juntos. El plan no resultó tan complicado: al día siguiente contactarían a Ramón, por medio de una teleconferencia, con un teléfono ciber que habían comprado todos, uno para cada uno, días atrás. Le plantearían sus ideas y verían si pensaba como ellos. Dado el vínculo cariñoso creado, pronosticaron una respuesta positiva. Calcularon el tiempo que a ellos mismos les tomaría visitar sus lugares nativos. Acordaron respetar el tiempo que cada quien decidiera permanecer en ellos, respetar el reencuentro con sus orígenes. El departamento seguiría siendo el lugar común. Se tomarían medidas para protegerlo, recordano lo que habían hecho por tantos años con la cloaca. Todo estaba listo. Cuando Antonio regresara, le plantearían su plan; sabían que se pondría loco de contento. Si Felipe no estaba de acuerdo, ya no importaría, pues ellos ya habían decidido que no se separarían. Lo sabían. Lo olían. Los intereses de uno no afectarían los de los otros.

—¡Esto es algo bien chingón, Pintor! ¡Va estar chingón!

Había anochecido y ya se había preocupado por Antonio, pues no regresaba. Sonó el teléfono.

—¡Bueno!

Al ver su rostro por la pantalla del teléfono y observar que iba caminando, su amigo le preguntó.

—¿Qué pedo contigo, güey? ¿Dónde estás? ¿Por dónde andas?

Sergio intervino.

—Dile que se venga ya.

Antonio le decía a Pedro.

—No hay pedo, sólo hablo para decirles que voy a llegar ya bien noche.
—¿Noche?

Vio la hora en la pantalla.

—¿Pues qué tan noche vas a llegar, güey?

—Muuuuuy noche. ¡Chale! Hasta pareces mi mamá, cabrón. Sólo hablé para avisarles, no para pedirles permiso. Voy a estar con una golfa, ¿ya?

—¡Ta güeno, ta güeno, pues! Lo que pasa es que queríamos hablar contigo sobre... ¡no hay pedo! Mañana nos vemos y hablamos, ¿va?

—¡Okay!

—¡Ah!, oye, no vayas a armar ningún desmadre, ¿eh?

—No. No hay pedo. Duérmanse ya. Adiós.

—Sale, adiós.

℘

La madrugada estaba en todo su esplendor cuando alguien abrió la puerta del departamento. Se introdujo y cerró perfectamente. Sabedor del lugar que pisaba, se dirigió a la puerta de una habitación, abriéndola y empujándola muy sigilosamente. Caminó despacio hasta quedar en medio de las camas gemelas. La posición de los durmientes no podía ser más perfecta: cada uno, en posición fetal, de frente a su respectiva pared.

Sacó su revólver, cuya envergadura, a golpe de rayos de luna llena proyectándosele encima, sobresalió aún más, en medio de la espesura del negro nocturno. La nuca de Pedro fue la primera en sucumbir.

Sergio estaba sobrevolando la cima nevada de la montaña Kasell, la más alta del continente, que se encontraba, orgullosamente para él, en Krajina, cuando todo se le borró de la mente, cuando todo se tornó oscuridad. Jamás volvería a soñar.

El sujeto le quitó el silenciador a su arma y observó la escena. Se acercó a cada uno de los cuerpos para aspirar ese tenue aroma a muerte que emanaba de los sesos.

Si no va ser posible que estemos juntos, será mejor morir

—Se dijo a sí mismo e inmediatamente sacó esos cuerpos semidesnudos y, como pudo, los acomodó en el gran armario de la misma habitación. Ordenó las camas, dejando los rastros de sangre y salió de allí. Después fue hacia el refrigerador, bebió un poco de leche y se metió en otra habitación. Se dispuso plácidamente a dormir.

El despertador había hecho lo suyo a la hora indicada: las nueve de la mañana. Se levantó y sólo se lavó la boca para poder desayunar viendo su programa favorito, de religión y buenas costumbres, por televisión. Terminó de desayunar. Pasó una hora. No podía ocultar cierto nerviosismo.

—¡No llega!

No aguantó más y rápidamente tomó una ducha de agua casi helada, para apaciguarse; estaba a punto de terminar cuando se escuchó el timbre. Activó el intercomunicador que había en el baño.

—¿Sí? ¿Qué desea?
—Soy yo, Felipe. ¡Ábreme!

—Voy.

Había llegado la hora. Cerró rápidamente la regadera, apretó el botón y fue a buscar su arma. Se la colocó por detrás, apretándola con la toalla negra que se enredó en la cintura. Abrió la puerta y Felipe entró de forma apresurada y hablando sin parar y sin mirar.

—¡No mames! ¡Cuánto te tardas, cabrón! Vengo bien cansado y...

Al escuchar la puerta cerrarse bruscamente, Felipe volteó muy extrañado, encontrándose con aquel. Tardó en reaccionar.

—¿Tú, malnacido?

Aparentando ser fuerte y displicente con el adjetivo, a Felipe se le congeló la sangre al pronunciarla. En ese momento deseó nunca haber pisado Del Gris, jamás haber conocido a sus «hermanos», cuyo destino fatal pudo, en ese ínfimo instante, adivinar. Deseó jamás haber fingido, a últimas fechas, una hermandad que ya sólo correspondía a su propia e íntima conveniencia. Hubiera deseado que aquel cariño y amor fraternos, alguna vez auténticos y muy reales, nunca hubieran muerto en sus adentros, en aras de algo de lo cual, se supone, había huido para siempre. Pudo mirarse a sí mismo, por un segundo, con asco y vergüenza. Nada podía ser ya más negro que su destino. ¡Maldita ironía! Le estaba ocurriendo esto ahora, justo antes de apoderarse de la luz por completo. De la luz entera, de la luz toda. No pudo hacer nada. No sintió dolor cuando su cabeza rebotó contra el suelo dos veces. Antes de los trece impactos recibidos, y de que su cuerpo cayera sin aquel brillo de vida en sus ojos, la última imagen que se llevó del mundo fue la imagen patética de un hombre de pie, desnudo, bien formado, toalla oscura a sus pies, con una mano armada, apuntándole, arrojándole directo aquel escupitajo de fuego.

—¡Por eso no querías que estuviéramos juntos! ¡Malditooo! ¡Malditos todooooos!

Después de meter el cuerpo donde estaban los otros, registró el departamento entero, dejando un verdadero desastre. Estaba desesperado y frustrado por no haber dado con su objetivo principal.

—¿Dónde habrás dejado esa fortuna, malnacido? ¿Dónde?

Se daba cuenta. Se había precipitado matando tan rápido a Felipe. El mal estaba hecho y ya no había otra salida posible. La idea se le metió a la cabeza de golpe.

—¡Mañana iré por el escuincle!

Salió del departamento un poco más tranquilo. Había recuperado su aplomo y su calculadora seguridad.

Bebedor innegable, esperó a que la tarde declinara para buscar un lugar donde su garganta dejara de pedir clemencia. Ya en la noche, plenamente ebrio, no pudo aguantar la tentación de acercarse a otro joven que estaba en la mesa contigua, llorando desconsoladamente a mares. El sólo verlo era ceder de inmediato a la tentación de estar junto a él, porque era alguien que, evidentemente, no estaba reprimiendo en absoluto sus emociones, y eso era algo que, sin saber bien por qué, él respetaba y admiraba mucho. Ese sentimiento lo inundó aún más, al estar en aquel finísimo y peculiar bar.

—¿Qué te pasa, amigo?
—Nada.

Las voces estaban totalmente marcadas por el tono de la embriaguez absoluta.

—Mira, te he estado observando y, ¿sabes qué?, yo quisiera hacer lo mismo; lloras a flor de piel.
—¡Pues hazlo! ¿Quién te lo impide?
—¡Hey! ¡Mesero! Otra ronda para mí y para mi amigo. Yo pago.

Después de aquella ronda y otras más, finalmente, estalló en llanto sin que, hasta ese momento, su compañero de mesa hiciera ningún comentario, pues se dedicaba a beber como loco, y a llorar, silenciosamente. Esa imagen enormemente triste brindaba a los asistentes un cierto cuadro disparejo: por un lado, la impotencia y, por el otro, la amargura y la tristeza, juntas.

Furia contenida. Frustración e incertidumbre. Formas de llorar muy distintas.

—Por Dios, hermano, no has... dicho u... una sola palabra.

El tipo que tenía enfrente no existía para él, pues lo único que quería era ahogarse en su dolor.

—Pero, ¿qué es lo que estoy di... ciendo? Creo que... que yo tampoco he dicho ninguna pa... labra, ¡ja!, ¿verdad?

Se hacía el silencio, por ratos. Volvían las palabras.

—Es que estoy que me lleva... ¡oye!, ¿has matado a alguien alguna vez, hermano?

Al escuchar aquella pregunta, levantó su rostro para ver de frente al tipo aquel, aunque las lágrimas no se lo permitieron bien del todo. Sonrió sarcásticamente mientras se disponía a darle el último sorbo a su copa. El tipo se regocijó.

—¿Sí?... Sí, ¿verdad? ¡Oh, por Dios! Lo sabía, lo sa... bía. No en vano me acerqué a esta mesa. Oye, hermano, tomémonos un último trago y larguémonos de aquí, ¿qué te parece?

Sus rostros ya no eran sus rostros, eran bolas de masa desfigurada por un torrente de agua salada que no dejaba de emanar. Sin dejar sus asientos, el tipo se levantó un poco para acercársele. Le dijo.

—No quiero que vayas a pensar que soy uno de esos volteados, ¡eh! Nonononó. Es que traigo algo acá, adentro, y... y acaba de pa... sar, y... y yo... yo no tengo a nadie aquí. No tengo amigos, ya no tengo ami... gos, y, oye, sé que este no es el lugar apropiado para decírtelo, ¿está bien? ¿Está bien si vamos... a otro lado?

Era una locura. Una total locura. Aquel sujeto, aquel completo extraño, aquel bar, el momento y su propia existencia. Su vida entera, su no parar de llorar. Todo era tan confuso. Pero, ¡qué más daba ya! Decidió seguir adelante, pues aquel extraño era eso, un extraño, un extranjero a quien jamás volvería a ver. Si lograba pensarlo bien, aquello era perfecto. Necesitaba, de pronto, que alguien escuchara la terrible historia que acababa de protagonizar. Una urgencia comunicadora que aparecía, así, sin más, inesperadamente.

—Bien, me parece muy bien.

—¡Gracias! ¡Gracias, mi her... mano!

—Pero con una condición: que no me digas tu nom... bre. Yo también necesito desahogarme y por ningún motivo voy a decirte el mío. Sólo así estaría dispuesto.

El tipo se sorprendió enormemente. Aquello era demasiado bueno aún para ser cierto.

—¡Perf... ecto! Era justamente lo que yo te iba a pedir, justo eso.

Después de pagar la cuenta, salieron el uno apoyado en el otro, para menguar su mermada capacidad de equilibrio.

—Conozco el lugar perf... ecto, está cerca de aquí.

—Está bien, no hay problema, tú mandas, rey... je je.

En su andar, calles más adelante, uno se cayó al tropezarse con un tubo mal trozado. Sin decir palabra, el otro lo levantó trabajosamente, quedando sus cuerpos demasiado pegados; se paralizaron un buen rato, respirando mutuamente uno el aliento alchólico del otro, sintiendo la sugerida firmeza de sus respectivas entrepiernas, la entrepierna del otro, sintiendo sus labios rozándose, una barba raspando sutilmente un par de veces su mejilla, sensaciones que le hicieron experimentar al otro algo muy cercano al deseo, pero luego mucho más a la ternura. Hizo que los dedos de sus manos se extraviaran por su rubia cabellera, sujetándolo de manera violenta por instantes para después sentir esas mismas manos recorrer su firme trasero. Agarrándose el rostro, nariz, labios, juntos, respirando como búfalos, echándose su vaho a la cara, con el corazón palpitando enormidades, mirándose mutuamente a los ojos, perdiéndose en sus infinitos, ebrios a más no poder, lograron, sin querer en el fondo hacerlo, por fin, separarse. Se pasaron los brazos por los hombros y retomaron el rumbo entonando una canción popular: «El Rey». Llegaron, sin sentirlo, a la banca de un parque de una zona periférica de la ciudad. El lugar estaba oscuro, apagado, en penumbras, al igual que la esperanza y la confianza de todos los habitantes de la ciudad. Fue algo natural: sus ganas de llanto se reavivaron, dejaron de sentirse solos por lo menos en aquellas circunstancias. Siguieron bebiendo de unas botellas que habían comprado en el camino. El tipo se sentó y comenzó a expiar sus tormentos recién nacidos, sus prematuros fantasmas. Ya no importaba nada. Había sentido la magia. Le contó cómo había asesinado a aquellos tres, pero, sobre todo, del goce que experimentó cuando le quitó la vida a Felipe. No se guardó nada. Entregándose al éxtasis de la conversación y teniendo la seguridad de estar bajo el cobijo de la discreción absoluta del completo extraño aquel, como era el caso, le contó hasta el más mínimo detalle, de principio a fin. Todo, hasta el detalle más nimio. Al terminar la historia, sintió un chispazo de satisfacción recorrer su cuerpo, dejándolo sin fuerzas, vencido. Algunas lágrimas se habían entrometido de repente, otra vez. El tipo aquel se paró y fue a un árbol cercano.

—¿A dónde vas?

—A mear.

Al regresar, le balbuceó muy cerquita al oído.

—Y bien, hermano, ¿cuál es tu his... toria?

De su gran gabardina color azul marino, aquel negro sujeto sacó un revólver.

—¡Esta!

Cuatro tiros, que le destrozaron por completo la cabeza, fueron suficientes para dejarlo sin vida. Hubiera recibido más de no ser porque, en ese momento, sólo llevaba esos proyectiles consigo. Parecía que, por alguna macabra razón, para aquel sujeto eso no era importante. Él seguía jalando del gatillo, llenando al muerto de cientos de tiros mortales más, todos imaginarios.

Aquel sujeto había tenido la mala hora de encontrarse con un miembro, para él desconocido, de aquella prole que su primo había sacado de lo marginal.

Lo asesinó porque le había quitado toda posibilidad de honor. Había dado al traste con un plan que le había costado mucho. Le había costado en tiempo, en meditación, en valor. Algo verdaderamente extraordinario para él. Se retiró algo perturbado por eso, pero satisfecho por haber borrado a aquel indigno que, poco antes del amanecer, sería un verdadero manjar para los aviadores. Se llevaba consigo un aroma, una barba raspándole y el recuerdo de unos labios que ya no pudo rozar con sus yemas.

Llegó a la cloaca y, asegurándose en varias ocasiones de que estuviera bien cerrada la coladera, sacó las tres maletas del

—¡Ahoraaa!

abó y después bajó. Se desesperó al ver que la siguiente or-
n no salía.

—¡Ahoraaa!

evamente hizo lo mismo.

—¡Eso es, Negro! Vamos por la última.

no se desesperó. No supo cuánto tardó la señal. La vio.

—¡Ahoraaa!

tiempo que emergía su cuerpo de aquel agujero, esta vez,
auto de aspecto exageradamente aerodinámico, que se
rcaba a una velocidad más que impresionante, le destro-
a por completo su humanidad. Su torso quedó hecho un
uero de sangre cuarenta metros más allá, con sus extremi-
les grotescamente desgarradas. El resto de su cuerpo ya-
dentro de la cloaca, rebanado, sin otra visión más cruda
su marca límite.

℮

ella luz le llamó poderosamente la atención, sobre todo por-
provenía del fondo del pavimento. Se dirigió hacia ella con
ante cautela y temor, pues ya había sufrido muchas desven-
s en el poco tiempo que llevaba de vagabundear. El miedo
le provocaba esa avenida insalubre y oscura, como boca de

botín. Sólo abrió una. Todo aquello le seguía pareciendo imposible, irreal. Millones y millones de icus, en joyas preciosas
y papel moneda, se le mostraban como parte de su increíble
realidad. Tomó un fajo de papel moneda y cerró la maleta. La
jaló hasta la base de la escalerilla y le puso una cobija encima.
Se dispuso a dormir.

Los días siguientes fueron de farra y francachelas memorables, en algunos, incluso, estuvo tentado a seguir sus parran-
das en la cloaca, pero recordó y quiso mantener lo que Felipe,
por seguridad y desde siempre, les había inculcado: proteger el
anonimato de aquella querida coladera. Además, allí se encontraba su fortuna, y seguir la borrachera ahí hubiera sido com-
prometerse demasiado. Así que, todo el tiempo, era él quien
terminaba despidiéndose de sus compañeros de fiesta en algún lugar de Del Gris, tomaba un taxi que lo dejara cerca y
llegaba caminando a su subterráneo hogar.

Una de esas noches, Antonio llegaba especialmente exta-
siado, a gatas de tanto alcohol que circulaba por sus venas.
Como pudo, abrió la tapadera y al ir bajando por la escalerilla, no pudo sostenerse. Cayó de espaldas. El golpe fue
duro, seco, tardó mucho en incorporarse y sellar de nuevo
la cloaca. Adolorido, al prender la bombilla, algo extraño
sucedió; allí estaban ellos: Felipe, Pedro, Sergio y Ramón.

Todos estaban en los lugares en los que acostumbraban estar dentro de la cloaca. El Tripa, en un rincón de la pequeña
cocina, viendo algunos dibujos en la minicomputadora inte-
grada a su teléfono portátil. El Pintor, haciendo un cuadro, en
una esquina del dormitorio. Felipo, como siempre, leyendo
un grueso libro, en su sillón favorito. El Lurias, admirando
su Verga y revisando que estuviera limpia e impecable, en un
rincón, cerca del baño.

Antonio no lograba cerrar la boca. No sabía cómo manejar

los sustos enormes, esos de adeveras, como ese que estaba viviendo, como esos que hacían que se orinara en los calzones. Aquella escena seguía ocurriendo, aquella visión no se extinguía: Sergio dejó su arma limpia en la colchoneta y propuso.

—Esto está muy aburrido, vamos a jugar ruleta.

Todos dejaron lo que estaban haciendo y accedieron emocionados a la petición.

—¡Sale!
—¡Vale!
—¿No juegas, Negro?

Boquiabierto, Antonio estaba paralizado, sin poder articular palabra.

—¿Pa qué le preguntas a ese güey, si ya sabes que es bien puto?
—Sí, ¡no mames! Ese güey nunca l'entra.
— ¡Chale, güey! Ya ni el Felipo, que tiene bien poquito acá y ya se ha aventado sus buenas rondas.
—¡Ya, yaaa! Dejen de estar chingándolo. No le gusta y sanseacabó.
—Es bien puto el güey.
—Ya voy a echar el volado, ¿quién habla?

Mientras ellos decidían quién iría primero, Antonio sudaba frío, evaporaba y expulsaba lentamente todo su alcohol.
La escena viajera seguía y la realidad del alucín se convertía en el alucín de la realidad. Vio cómo se desnudaron y cómo, uno a uno, iban pasando la prueba. Felipe había sido el último. Después del círculo, y de darse mutuamente palmadas en la

espalda de afecto, una vez concluido el peligroso
taban dispuestos a vestirse, cuando Ramón solt

—¿Tons qué, Negro? ¿No te avientas? ¡Óraleee

En ese momento todos comenzaron a corear.

—¡Ees puuto, ees puuto, ees puuto!
—Antonio lanzó un grito.
—¡Noooooooooooooooo!
—Agarra los tapones azules.
—¡Eso es, pinche Negro! Yo sabía que no nos
¿Ya ven cabrones?

Antonio se iba desnudando por completo, en l
que la borrachera se lo permitía. Le habían ped
ciera, pero, por poco hombre, tenía que salir tre
una, que era lo normal. Olvidándose de su dolo
se puso los tapones mientras aquellos quedaba
observándolo con gran asombro. Antonio les pr

—¿Quién me va a tomar el tiempo, cabrones?
—¡Yo yoo!

Contestó de inmediato Felipe, quien compleme

—Todos te gritaremos.

Antonio quitó la coladera, apenas la tuvo a su
y esperó. Todos gritaron mientras mostraban s
gares, en señal de clave, para que los viera en ca
los oyera bien.

lobo, era evidente. Precisamente por eso, a su entender, aquella luz era como una señal. Casi al llegar a aquel hoyo que dejaba escapar luz, con todo su temple en vilo, escuchó un ladrido que, por su lejanía, repetía retumbador un eco más que siniestro. Se sobresaltó e instintivamente volteó hacia atrás, esperando a que el eco pasara. Se acercó bastante al rayo subterráneo de luz. Levemente encorvado, poco antes de llegar a él, volvió a sentir el acecho, pero, esta vez, al voltear, se resbaló. La caída fue inevitable y el fuerte golpe lo aturdió.

Sobándose la cabeza y el cuerpo, el espanto tomaría por asalto a aquel horrorizado hombre; le atrofió la voz y no permitió que aquel enorme grito de horror saliera. Estaba frente a una mitad de cuerpo humano, casi recién cortado de tajo. Podría decirse que eran las puras piernas, negras, pero no era así. Con los ojos desorbitados, se tapó la boca para seguir conteniendo sus gritos mudos. Corrió hacia la escalerilla, pero se tropezó con algo que no tuvo tiempo de sentir cuando se cayó una vez más. La maleta estaba levemente descubierta, mostrando sutilmente su valioso contenido a través de una de sus esquinas. No quiso abrirla y, simplemente, salió con ella, haciendo un gran esfuerzo y, claro, cerciorándose de que nadie lo viera. Jalándola como un carrito, apresurado, al irse alejando, se detuvo sólo unos instantes para ver cómo algunos perros se disputaban un camino embadurnado con el encéfalo del infortunado, al igual que con el resto de un cuerpo, cuya mitad, ya había visto bajo el asfalto. Siguió su ruta, experimentando los peores ascos de su vida y sintiendo que aquella esquina estaba siendo la más inalcanzable del mundo. No pudo evitarlo y vomitó largo rato, por un largo rato, sin cesar.

Esta vez, con el dinero que la providencia le había obsequiado, podría darle todo a su familia y librarla de aquellos males por los cuales la había abandonado a su suerte: los impuestos que se habían disparado en un trescientos por ciento; el desempleo que había ascendido, alarmantemente, a un setenta por ciento; las manifestaciones sociales, que se había convertido en delito nacional; el Estado que se había agenciado el poder de vigilar a todos y de matar a cuanto pobre y aviador se encontrara en su camino.

Por fin la esquina se dejó alcanzar mientras seguía pensando, jubiloso.

—¡Voy a regresar a Tantú!

Viró hacia la derecha, contento, llorando, y con una enorme sonrisa en su rostro, hacia nuevos caminos que le prometían fortuna y libertad, sin observar, en lo alto del poste de la esquina, aquel letrero, torcido y sucio, que rezaba: «Calle de la Desgracia».

Amén

TREINTA AÑOS DESPUÉS, el diario *El Ocaso* daba a conocer que el gran magnate, Ramón Gómez Paz, era encontrado culpable del homicidio múltiple de catorce niños indigentes, que tenían como hogar la acera de una de sus grandes Mc'Comers. El descubrimiento de su participación en otros actos similares hizo que las autoridades del poder penal reabrieran un número bastante considerable de casos juzgados, plagados todos de miles y miles de muertes de niños y muchachillos de toda la red nacional de alcantarillado.

Muy poco antes, sus hijos, Benita y Alejandro, habían sido consignados por el mismo delito, en diferentes ciberpenitenciarias. Sin embargo, sólo tres meses pasaron para que el sistema robotizado de justicia los librara de todo cargo. Por órdenes de su padre, se reunirían con él hasta nuevo aviso.

Después de mucho tiempo, lujosamente ataviados, se abrazaron y en la boca se besaron, sonrientes, listos para contarse sus «penurias», en un exclusivo restaurante, antes de partir a un país exótico, listos ya para abordar su *jet*, preparados, como siempre, para la siguiente misión.

Perfecto y audaz conocedor del país entero, acostumbrado ya, Gómez Paz hizo que aquella sociedad que lo condenó le ofreciera, otra vez, adulación, sonrisa y miel, convirtiéndose una vez más, con renovados bríos, en el gran y respetado portento de la decrepitud física y moral del lado más pútrido de una nación que, desde hacía mucho tiempo se había decidido a experimentar, sin ser mordaz, un lento y doloroso suicidio asistido.

℃

Dormitaba plácidamente, cuando a punto de sierra, le cercenaron la cabeza, la cual espantaría algunas ratas en un callejón lejano, unas horas más tarde. Fue mucho mejor. Así no vería, ni sabría, cómo sus vástagos eran desmembrados, de una forma más horrible aún.

Su obesa humanidad, descabezada, desnuda, yacía sentada, atada, desparramada, en una incómoda silla. Ya había visto eso. No sabía si estaba alucinando o si aquello era la realidad. Ya nunca lo sabría, nunca más podría diferenciar sus eternos y acompañantes mundos. Si tan sólo se hubiera permitido recordar su pasado, su infancia, hubiera soñado de nuevo con aquel sueño olvidado, el mismo en donde aquellos hombres, agentes, sus asesinos, se llevaban consigo, luego de pasarle por su cuello la moderna guillotina, entre sangre, metido en una bolsa pequeña de plástico, sembrando otro en el lugar, un *chip*, de cuya minúscula inscripción metálica, entre diminutos chispazos, cual efecto brillantina, lograban distinguirse unas letras, unos números...

C.AC/2072

La forma violenta, el embarradero de sangre, los amarres burdos en sus muñecas y en sus tobillos, los procedimientos mortales de antaño, en fin, lo poco digno de su muerte, nada, nada de eso le molestó tanto, hasta el encabronamiento exacerbado, como el hecho de no haber podido recordar aquellos rostros jóvenes por los cuales había sentido, muchísimo tiempo atrás, algo parecido a lo que unos cuantos seguían llamando cariño; haber borrado el nombre de su tierra natal, Panuk, el pueblo de los marranos; pero, de manera muy especial, lo que más le repugnó, fue llevarse de este mundo la más grande de sus dudas, la duda fundamental, esa que siempre soñó y que nunca olvidó, la que lo acompañó durante toda su vida, no la otra, sino su vida toda.

La duda de no saber...

...¿cómo pudo eternamente alejado de él permanecer, cómo pudo llegar a la luna, correteado por el coyote, el canijo conejo aquel? ⊙

La cloaca, el infierno aquí
de Roberto Rueda Monreal
se terminó de imprimir y encuadernar en febrero de 2012
en Quad/Graphics Querétaro, S. A. de C.V.
lote 37, fraccionamiento Agro-Industrial La Cruz
Villa del Marqués QT-76240